JN068142

メディアワークス文庫

あやし、恋し。

異類婚姻譚集

仲町六絵

目　次

第一話　隠し湯の狸

君がいないと寂しい。

彼女のマンションで湯船に浸《つ》かりながら、そう思った。

目の前には黄色いおもちゃのアヒルが浮いていて、指先でつつくと音もなく湯船の反対側へ遠ざかっていった。

恋人同士になり、自宅に招かれるほどの仲になっても、彼女は僕と風呂に入ろうとしない。おもちゃのアヒルを「性格良さそうでしょ。一緒にお風呂入っていいよ」と貸してくれるほど、僕を信用しているにもかかわらず。

アヒルはどうでもいいから、お風呂でも一緒に過ごしたい。

一度そう訴えたのだが、「お風呂では気分が良くなって油断するから」という納得しがたい理由で断られた。

僕は冗談だと思って「なんだそれ。君はお風呂で暗殺された人か。源《みなもとの》頼朝《よりとも》のお父さんか」と返した。すると彼女は真顔で「源義朝《よしとも》ね」と補足した。日本の歴史に詳しいのは彼女の方だ。

その後、風呂場で暗殺された歴史上の人物は他にも存在するとか、彼氏といる時の油断と入浴時の油断は種類が違うとかいう話が続き、うやむやにされてしまった。

「なんでだろうな」

こぼしたつぶやきに応じるかのように、アヒルのおもちゃがゆっくりとくちばしを向けてくる。話を聞いてくれるのだろうか。だとしたら、本当に性格が良《い》い。頭をなでてやることにする。

「よしよし」

一般にこういうグッズは「可愛《かわい》い」と表現されがちだけれど、彼女は「性格が良さそうでしょう」と言った。そういうところも好きだ。

最初は、カフェの制服を着ていても分かるほどメリハリの利いたスタイルと、アーモンド形の目に見とれた。今は、一生をともにしたいと思う。

付き合いはじめたきっかけは、僕が里帰りの際に買ったキーホルダーだった。

幅と長さが小指くらいの銀色の板に「ＹＵＮＡＭＩ」と地名を彫っただけの、土産物っぽくない代物だ。そこがかえって面白くて通勤バッグにつけてみたのだった。

キーホルダーをつけて何日か経《た》ったある日、行きつけのカフェに寄った。

すると、前から可愛いと思っていた店員さん――彼女が「湯波《ゆなみ》温泉のご出身ですか？」と聞いてきた。

僕が「地元大好きなもので」と返したら、彼女はふんわりと笑って「私も同じ、湯波温泉の出身です」と言った。

彼女はキーホルダーを見て「相当、湯波温泉が好きな人だ」と直感したらしい。似たような形の品がブランド物にも百円均一にもありそうなのにこれを選んだのは、湯波温泉への愛ゆえだろう。さては地元出身者か、という推理である。

回想が引き金となって、故郷に伝わる歌が口をついて出た。

昔、昔も湯の里よ
狸《たぬき》が尻尾振って導いた
信玄公《しんげんこう》はご満悦
矢傷も治す湯波の湯

山に棲《す》む狸が戦国武将の武田《たけだ》信玄に教えたのが湯波温泉の始まりであり、山梨《やまなし》県にいくつか伝わる「信玄の隠し湯」の一つとして大切にされてきた……という伝承をもとにした歌だ。

「その歌好きなの？　修司《しゅうじ》君」

浴室のドアの向こうから、彼女が話しかけてきた。

水道の蛇口を閉める音、フェイス用ティッシュを引き出す音がする。洗面台で化粧を落としているらしい。

「時々、歌いたくなるよ。保育園で教わったから心の底に刷りこまれてる」

君はどこで教わったの、とは聞かない。出会った時から彼女は天涯孤独だった。父親も母親も亡くなって、遠い親戚を頼って東京に出てきたらしい。

化粧水や乳液の容器がカチンとぶつかり合う音がした。沈黙は、スキンケアに専念しているからだろう。

「私はその歌、あんまり歌わないけど。狸が信玄に温泉の場所を教えたなんて伝説、どうして生まれたんだろ？」

この文脈は好機だ。プロポーズするなら今だ、と僕は決心する。

「新婚旅行は地元で伝説の検証かな」

ドアが開いて湯気が揺れた。

部屋着のままで、彼女は湯船の脇に膝をついた。

牡丹《ぼたん》のつぼみみたいに欠点のない顔が近づいてくる。さっき化粧を落としていたけど、こういう顔に化粧って必要あるんだろうか。

「本気で言った？　修司君」

「本気で言った。遠回しですみません」

「謝らなくていいから」

額とまぶたに口づけを受けながら細いかすかな吐息を聞いていると、急に彼女の顔が離れた。

「アヒルが壁の方を向いてる」

「アヒルなりの気遣いだね……。いや、今そういうこと言う？　僕の方見よう？」

彼女は目を細めた。顔の輪郭が膨らんで、満面の笑みになる。

やたらと過去の苦労を匂わせたりしない、そういうところも本当に好きだ。

湯船の外側と内側でしばし戯れたが、彼女は部屋着を脱ごうとはせず、湯船に入ってこようともしない。風呂には一人で入る、という信条はここまで固いのか。

犬の吠《ほ》える声が耳を打つ。

彼女は僕から身を離して立ち上がった。

「『あっちへ行け』って言ってる。でんすけが」

でんすけとは隣に住む大家さんの飼い犬で、彼女とは入居以来の馴染《なじ》みらしい。よく庭につながれて日向《ひなた》ぼっこをしているので、僕も通りすがりに何度か名前を呼んでみたことがある。最初こそ無視されたが、そのうち尻尾を振ってくれるようになった。彼女と一緒にいるのを見たからだろう。仲間意識の強い奴《やつ》なのだ。

緊張の漲《みなぎ》る咆哮《ほうこう》が何度か続いて、じきに止《や》んだ。

「『あっちへ行け、仲間に近寄るな』だって。でんすけは人間好きなんだよね」

彼女は鋭い視線を宙に投げている。まるで、壁を通して隣の敷地を観察する透視能力者だ。

「でんすけの声だと分かるのもすごいけど、そこまで通訳みたいに分かるもの？」

「大家さんに頼まれて、たまに散歩に連れていってるから。ネットでも、犬の気持ちを解説してるサイトがあるの」

「へえ。犬の飼い主向けの雑誌なら知ってる」

「そういう雑誌のサイトで解説してる。今の出版社はだいたい公式サイト持ってるんだよ」

「ほえー」

「二十一世紀になって十年も経つんだよ。紙の本以外にも注目しましょう」

「はーい」

素直に返事をすると、彼女は案の定可愛がるような調子で頬や耳をなでてくれた。だがさっきまでの甘い雰囲気は去ってしまったのを感じる。

でんすけに罪はないが、少し恨めしい。

「ごめん修司君、お風呂のドア開けてたら風邪引いちゃうよね」

「ああいやこっちこそ、一番風呂なのに長風呂で」

それにしても、彼女がそこまで犬にシンパシーを抱いているとは知らなかった。ご両親と暮らしていた頃、犬を飼っていたのだろうか。

リビング兼キッチンで髪を乾かしていると、子どもがバタ足の練習を始めたような激しい水音が聞こえた。

「美衣《みい》ちゃん、どうした？」

もしや溺れたのかと思い、ドライヤーを持ったまま浴室へ行きかけた。

「アヒルと遊んでるー」

のんきな彼女の返事に、ずっこけそうになる。

「ハクチョウ十羽《わ》と格闘してるみたいな音だったぞ？」

「でんすけを怒らせた奴に苛立《いらだ》ってたから、いつもの遊びより激しかったかも」

「おお……。一緒に散歩してる仲だもんな」

「それより、入ってきちゃ駄目だから」

「へいへい」

今も守りは鉄壁だが、ともに暮らすうちに彼女も気が変わるに違いない。何しろ夫婦になるのだ。

となれば、婚約指輪が要る。

僕は自分のバッグを探り、スマートフォンを出した。最近は携帯電話から乗り換える人が多いので、僕と彼女も流行に乗ったのだ。

——婚約指輪で検索したら、何か出てくるだろ。

検索してみると、婚約指輪を扱うブランドの情報だけでなく、商品一つ一つの値段まで出てきた。

どれもきれいだが、思っていた以上に相場が高い。

一般的に婚約指輪とは、大きめのダイヤ一粒と、貴金属の中で最も高価なプラチナでできているものが多いらしい。

金色をしたイエローゴールドや、桃色がかったピンクゴールドを用いた婚約指輪もあるのだが、色白な彼女にはプラチナの白さが似合う気がする。

検索結果を眺めているうちに「真珠の婚約指輪」という文言が目に入った。

——白くて花嫁っぽいから、真珠もアリってこと？　ダイヤより安く済むかも。

いそいそとタップしてみると、ＨＩＭＵＫＡというジュエリーブランドの公式サイトが出てきた。僕でも聞いたことがあるので、有名なのかもしれない。

ＨＩＭＵＫＡが生み出した
真珠の婚約指輪「とよたまひめ」

そんなキャッチコピーとともに、真珠の指輪が大きく映し出される。薔薇色《ばらいろ》を含んだ真珠の照りは、素人目にも美しい。

——とよたまひめ。平仮名で書くとお米の品種みたいだな。

秋田産《あきた》のあきたこまちを連想して、ちょっと笑った。豊玉姫《とよたまひめ》なら本で読んで知っている。日本神話に出てくる、海に住む女神様だ。

もう一つウインドウを開いて「豊玉姫」で検索してみる。並んだ検索結果をざっと読んで、もう少し細かいあらましを思い出した。

豊玉姫は海の神様の娘だ。一見美女だが、正体はワニ。もっとも、古代ではワニとサメは同一視されていたという説もあるので、サメだった可能性が高い。

美女に化けたまま山幸彦《やまさちひこ》の子をみごもった豊玉姫は、お産に臨んで「子を産むところを見ないでほしい」と言った。

昔話によくある「見るなのタブー」だ。鶴女房は機織りを見るなと言い、蛤女房《はまぐりにょうぼう》は炊事を見るなと言う。どちらも、最中は本性を現しているからだ。見られた彼女たちは、そのまま夫の元を去ってしまう。

もちろん、豊玉姫のお産も同様だ。

山幸彦が見たのは、産屋《うぶや》の中で身をよじるワニ、あるいはサメ――いずれにしろ、産みの苦しみにのたうつ異形だった。

――風呂に入っているところを見るな、っていうタブーはあったかな。

彼女が湯船でサメに変身してアヒルのおもちゃと戯れる図を想像して、まさかそんな馬鹿げたことが、と思う。

「髪、生乾きだよ」

横合いから彼女に声をかけられ「おわ」と声が出る。とっさに僕が閉じたウインドウは、豊玉姫の検索結果だった。真珠の婚約指輪の方ではなく。

「あー。ＨＩＭＵＫＡだ。ここのジュエリー、好き！」

画像だけで大喜びだ。ダイヤより安いかも、と思ったことが申し訳ない。

「詳しいの？　美衣ちゃん」

「まあまあね。真珠の古い呼び名を生かすなら商品名は『しらたまひめ』だろうけど、『とよたまひめ』の方がゴージャスだよね。豊かな玉の姫」

こういう時の彼女の微笑《ほほえ》み方《かた》には馴染みがある。私が大事でしょう、と分かっている顔だ。あなたにとって私はお姫様でしょう、と思っているに違いない。

「姫様。見られてしまいましたか」

芝居がかった口調で言ってみる。

「婚約指輪は真珠とダイヤ、いずれがよろしゅうございましょうか」

「何で執事みたいな口調？」

彼女はやっぱり、私のことが大事でしょう、という顔で微笑んでいる。仮に正体がサメでも構わない。アヒルのおもちゃを可愛がるサメなんて、可愛いじゃないか。

「ところで、美衣ちゃん」

「口調が戻った。何？」

「プロポーズの、明確な返事を聞いてない」

彼女は人差し指を立て、自分自身の唇に当ててみせた。

「何のジェスチャー？　まだ内緒ってこと？」

唇を自分の指で封じたまま、彼女はうなずいた。

それはないんじゃなかろうか。こっそり婚約指輪を検索するほど僕は乗り気なのだが。プロポーズ直後に湯船の内と外でいちゃついたことも記憶に新しいのだが。

「分かった。待つよ」

内心の不満とは裏腹に、穏当な言葉が出た。

僕が逆の立場なら、即座にはっきり返事しろなんて迫る男は不気味だからだ。

「ありがとう、修司君」

彼女は、風で飛んできた花びらみたいな短いキスをくれた。素早さにびっくりしていると、彼女は自分のスマートフォンを出した。

「大家さんにアポイントをとろう」

「えっ、なぜ大家さん」

「明日、大家さんのとこ行って、二人で住んでもいいか聞こう」

「え、あっ、つまり、結婚を前提として二人で住もうと？」

「そうですよ、修司君。賃貸契約書には二人で住んでもいいって書いてあるけど、世間では挨拶ってものが大事」

「お、大人っぽい見方だ」

「なんか、動揺してない？」

「動揺するよ。プロポーズも女の子と一緒に住むのも初めてで」

「うっふっふ。じゃあ電話するね」

彼女は壁際に移動して、電話をかけはじめた。

「……夜分にすみません。野々原《ののはら》です。明日、伺ってもよろしいでしょうか？　お話ししたいことがありまして」

僕以外に対しては、きっちりした口調なのが可笑《おか》しい。

「はい、ありがとうございます。あっ、困っているわけではなく、ぜひご報告したいことが。はい、良いことです」

そうなんだよ、良いことなんだよ。

深くうなずいていると、彼女の声の調子が沈んだものに変わった。

「さっき、でんすけの吠える声が……。あんな声で鳴くの、珍しいから心配で。はい……あ、元気ですか、でんすけ。良かった！」

彼女は僕を見て、親指を立ててみせた。僕は両手でマルを作って応える。

そんなことをしているうちに、でんすけが半分家族のように思えてきた。変な感じだなと思っているうちに強い眠気に襲われ、僕は彼女より先に布団に入った。

自分で自分に（プロポーズお疲れ様）と労《ねぎら》いの言葉をかけるが早いか、あっという間に意識に帳《とばり》が下りていった。

　翌日の昼下がり、大家さんご夫婦は玄関先で僕たちを待っていた。傍らには盛んに尻尾を振るでんすけが控えていて、ひとまず安心した。

「私たち、結婚を前提にお付き合いしています。それでまずは二人で暮らしたいんです。今の部屋で」

　まるで台詞《せりふ》を用意していたみたいに、彼女は一息に言った。

「あら、まあ、まあ、おめでとう」

　白髪の美しい奥さんが目を見張る。黒髪と白髪半々の旦那さんも「おめでとう」と言って僕を見る。

「初めまして、山県《やまがた》です。名前はヤマガタですが、出身は美衣さんと同じ山梨県の湯波温泉です」

「やまがた？」

　旦那さんが眉を吊《つ》り上《あ》げる。山形《やまがた》県と苗字《みょうじ》の山県をかけた軽めのジョークのつもりだったが、盛大にすべってしまったか。

「山梨県の山県といえば、戦国武将の山県昌景《まさかげ》！　君のご先祖かね？」

「いえ、僕は全然関係ないです。昌景のご子孫の山県さんも、山梨にはいらっしゃるみたいですけど」

「そうか。湯波温泉というのは、いわゆる信玄の隠し湯の？」

「はい、その一つだと」

「隠し湯なのになぜ、現代の我々はその存在を知っているのだろうか」

「地元民ですが、あまり詳しくは」

「ちょっとあなた。お客様を玄関先に立たせたままで歴史トークはやめて」

奥さんが柔らかい口調で間に入ってくれた。助かった。僕はどちらかと言えば歴史ではなく文学寄りなのだ。


応接間に通された僕たちは、ひとしきり結婚準備についてレクチャーされた。役所への届け出、結婚式の費用や結婚後の税金対策など諸々《もろもろ》だ。なぜそんなに詳しいのか訝《いぶか》しく思ったが、嫁いだ娘さんがいると聞いて納得した。

「ちょっと不安そうですね。でんすけ」

窓の外で伏せているでんすけを見て、彼女が立ち上がった。尻尾がわずかに揺れ、毛深い耳がぴくぴく動いた。

「昨夜《ゆうべ》の鳴き声は、もしかしたら不審者が入ってきたんじゃないかって、夫と話していたところなんですよ。庭の門扉は鍵をかけているけど、台か何か使えば飛び越えられる高さだから……」

奥さんが不安そうに言う。不審者が侵入しようとしたのなら、彼女の通訳通りだ。家に防犯カメラをつけた方がいいんじゃないだろうか。

「あのう、ヒロミさん」

彼女が奥さんを見た。

「マンションに防犯カメラをつけてくださってるんだから、大家さんのお宅にもつけてほしいです」

「ええ。そうねえ……」

奥さん――ヒロミさんが旦那さんを見る。旦那さんが「そうだな」と応える。

単刀直入に「防犯カメラをつけましょう」と言おうとしていた僕は、彼女の言い方に感心していた。ああいう前置きなら、差し出がましさが緩和される。入居者としての感謝が前面に出るからだ。

「分かった。私たち夫婦で夜に見回りをするつもりだったが、防犯カメラの設置もしよう」

旦那さんがきっぱりと言った。

「見回り、お手伝いしましょうか？」

彼女が申し出ると、ヒロミさんが「とんでもない！」と声を上げた。

「嫁入り前の娘さんに夜の見回りなんてお願いできませんよ。危ないし、さっきも話したように結婚準備は忙しいんだから」

ヒロミさんの助言に感謝しつつ、僕は彼女を連れて大家さん宅を辞した。門を出る前に振り返ると、でんすけがこちらを見てクウンと鼻を鳴らした。

「可哀想《かわいそう》に。縄張りにタバコの臭いまでつけられて」

「タバコ？」

「ミント入りのタバコだと思う。吸った後のいがらっぽい唾を、庭に吐いたみたい」

「ええっ、それ、警察に……いや、現状、犬が吠えただけで物的証拠はないのか。警察は動けないね」

「信じてくれるの？」

「驚いたけど、こんな時に嘘《うそ》言う子じゃないでしょう」

僕たちはそのまま買い物に行った。

新生活のための日用品を今からでも少しずつ買っておくとよい、とヒロミさんから教わったからだ。

「明日はもう仕事かぁ」

食器売場でぼやいた彼女は、少々元気がなかった。カフェでの仕事は続けているのだが、こんな風に言うのは珍しい。

「お風呂用品、買おうか？」

「修司君、天才」

元気づけようと思ったのだが、まさか天才とまで言われるとは思わなかった。

僕たちは入浴剤のお徳用ボトルと、珪藻土《けいそうど》マットを買って彼女の家に帰った。

入浴剤は絹に含まれるタンパク質が入った彼女おすすめの品で、珪藻土マットは濡《ぬ》れてもすぐ乾くと宣伝されていたので買った。僕たちの場合二人が立て続けに浴室を使うことになるのだから、乾きやすい方がお互い快適だろう。

「トントン拍子に行っちゃって、怖いくらい」

彼女はソファに寝転んでそうつぶやいたけれど、プロポーズへの明確な返事はしてくれなかった。僕がロマンチックなプロポーズを用意しなかった分、何か演出を考えてくれているのだろうか。楽しみでもあり、不安でもある。

実家に住む両親に「付き合っている女性の家に引っ越す」と連絡すると、「落ち着いたら紹介してね」とのことだった。

この慎重さ、さては破局も勘定に入れているな。縁起が悪い——と思ったが、しのごの言わず快諾した。僕だってもう二十代後半にさしかかったのだから、親との距離感はつかめているつもりだ。

自分が住む部屋の退去予告を済ませ、たまに彼女の家に泊まりながら引っ越しに向けて準備をする。慌ただしくも幸せに過ごしていたある日、昼休みに彼女からメッセージが届いた。

修司君。でんすけが連れ去られた。
犯行時刻は早朝。
防犯カメラに映ってたって。

彼女のすぐそばで犯罪が起きたのだから、穏やかではいられなかった。できるものなら会社を早引けして駆けつけたい。大丈夫なのかと声が出そうになった。

お昼休憩の時間にごめんんね。
おまわりさんが見回りしているから大丈夫です。

大家さんはお二人とも憔悴《しょうすい》しててお気の毒。

でんすけが恐怖で失禁した臭いとミントのタバコの臭いが庭に残っていました。


メッセージはそこで終わっていた。

僕はほぼ反射的に「気をつけて！ 戸締まりして！」と返信を送ってから、周りを見回した。

普通の、いつもの定食屋だ。アジフライ定食を運ぶ店員、食後のコーヒーを飲みながら喋《しゃべ》っている客。メニューをめくっている客。

変わらない日常と、異常な事態が重なり合う。

敷地に侵入する人物、消えたでんすけ、庭に残る尿の臭いを「恐怖で失禁した」と言い切った僕の彼女。

いくら鼻が利くとはいえ、尿の臭いから感情まで読み取れるわけがない。そんなことが可能なのは、でんすけと同じ種族だけではないのか。

隣の客の耳に、まろやかな光が見えた。真珠だ。

とよたまひめ。美女に化けた異形。見るなのタブー。

めまぐるしく行き交うイメージを振り払うように、僕は席から立ち上がった。

会社員として業務を全う、会社員として業務を全う、と唱えながら一日の仕事を終えた。と言っても、スマートフォンの通知を時々気にしながらだ。

会社の最寄り駅へたどり着いた時、着信があった。彼女からだ。

「もしもし、美衣ちゃん？」

『修司君。でんすけが見つかった。脅《おび》えてて可哀想だけど、怪我《けが》はしてない』

「おお、スピード解決……じゃないな。でんすけと大家さんにしてみたら。とにかく無事で良かった」

『うん』

「なんで見つかったの？」

『ネット上で出品されていたから。でんすけが』

不快感のにじみ出た声で彼女は言った。僕も（何て野郎だ）と言いかけた。犯人が男とは限らないのだが。

『でんすけはね、雑種だけど甲斐犬《かいけん》の血を引いているの。大家さんが言ってた』

「甲斐犬？　僕らの故郷の犬」

『うん。思ってた通り、甲斐犬として出品されてた。値段は言いたくない』

でんすけが深く傷つけられたような気がして、僕は一瞬言葉が出なくなった。

しかし待ってほしい。「思ってた通り」とはどういう意味なのか。

「美衣ちゃんが見つけたの？」

『ううん。私にどうにかできたら警察は要らないよ』

何でも、大家さんの家での事情聴取に途中から彼女も同席したらしい。

彼女は、でんすけの毛色や体型に故郷の甲斐犬の特徴があると話し、貴重な甲斐犬と思われて狙われた可能性を指摘したのだという。

餅は餅屋と言うべきか、警察が以前から目をつけていた業者——詳しくは彼女も教えてもらえなかったという——に任意聴取をした。すると、でんすけだけでなく防犯カメラに映っていた人物まで見つかったのだという。

「でんすけも気の毒に」

犬は人間の幼児と同じくらいの知能を有すると聞いた覚えがある。それに、人間の声や表情から気持ちを察する。さぞかし嫌な思いをしただろう。

『早く帰ってきて。気をつけて、帰ってきて』

矛盾するようなお願いだが、どちらも本音なのだろう。

「うん。あとでね」

電話を切って気がついた。「帰ってきて」と彼女は言い、僕は「うん」と応えた。

彼女の住む場所が、僕の帰る場所なのだ。

そうだ、帰ったらお風呂の準備をしてあげよう。故郷の湯波温泉の入浴剤を入れて、湯船にはおもちゃのアヒルを浮かべて、ソファで休む彼女に「お待たせいたしました」と執事口調で言ってみるのだ。

昼からの緊張に体は疲れていたが、僕は高揚感を覚えながら改札を抜けた。


彼女を浴室へ送り出して数分後、名前を呼ばれた。甘えるような声だったので、もしかして一緒にお風呂に入ろうという誘いかと思ってしまう。

「どうしたの」

脱衣所から声をかけた。曇りガラスの向こうは当然ながらぼやけている。壁面のクリーム色ばかりが見えるので、彼女は湯船に浸かっているようだ。

「アヒルがいない」

「えっ？」

慌てて洗面台を見る。いない。

見回すと、洗濯機の蓋に載っていた。入浴剤を入れるところまでは達成したものの、一時的にアヒルを移動させたまま放置してしまったらしい。

「ごめん。アヒル君、洗濯機の上に置いたままだった」

「あー、洗濯機。私も気づかなかったはずだ。うん」

アヒルはたいてい洗面台の洗顔料置き場か、タオル用の棚に収納されている。

「ねえ、アヒル君を連れてきて」

「入浴中は見られたくないんだよね？」

確かめてみると、彼女は沈黙した。今ならいいよ入ってきて、と言われるのを期待していたのだが。

試されている。僕が彼女との約束を守るかどうかを。

僕はアヒルを手に取った。浴室のドアに背を向けると、後ろ手にノブを回し、少しだけ押した。暖かい空気がうなじに触れる。

「ありがとう」

彼女がお礼を言う。僕は背中を向けたまま、アヒルをドアの向こうへ差し出す。

僕の手は、湿った毛並みを感じ取る。猫の毛より硬く、犬の毛より柔らかい。

アヒルが手から離れる時、尖《とが》った爪のようなものが皮膚に触れた。

それでも僕は振り向かない。背後で浴室のドアが閉まった。

「うふふ、合格です。ありがとう」

ああ良かった、正解だった。

息を吐きだしてから、ずっと息を止めていたと気がついた。

「ねえ、修司君」

「うん」

水音は聞こえない。僕はまだ浴室に背を向けている。

「湯波温泉の歌に、二番があるのを知ってる？」

「いや、初耳」

狸が信玄公に温泉の場所を教えた、矢傷の治る湯波温泉、で終わりではないのか。

「信玄公の可愛がってる犬も温泉についてくるの」

「犬も？　お湯が汚れない？」

人は鎧《よろい》や服を脱げるが、犬は毛皮を脱げない。

「汚れないように、そして溺れないように、狸たちは桶《おけ》を用意してあげたんだって」

「ああ、犬かきしてないと湯船に沈んじゃうから」

犬かき。そう言えば彼女も、風呂で激しい水音を立てていた。

まるでバタ足のような。まるで犬かきのような。

　昔、昔も湯の里よ
　狸が桶持って湯を汲《く》んだ
　信玄公の愛犬も
　　ほかほか浸かる湯波の湯

　彼女が歌う二番を聞いて、僕は「ふふふ」と笑いを漏らした。

　信玄公の愛犬のために、桶に湯を汲んで小さな湯船を用意する狸たち。

　きっと彼らは親切で、地元の秘湯を自慢に思っていたのだろう。そして、犬のこともそこそこ好ましく思っていたのかもしれない。

「いい人たちだね、狸」

　彼女のご実家を褒めるような気持ちで言った。

「人じゃなくて狸だよ。修司君」

「でも、いい人たちだ。性格がいい」

　今度は彼女が「ふふふ」と笑った。

「結婚しようね。修司君」

ついにもらえた明確な返事に、僕は振り返る。

曇りガラスの向こうはクリーム色。

水音は聞こえない。彼女はきっと、僕の返事を聞き逃すまいと湯の中でじっとしている。

「そうだね。うん。結婚しよう」

足元の珪藻土マットを見る。

今は乾いているけれど、彼女が出てきたら三つの痕跡が残るのかもしれない。

可愛い二つの足跡と、尻尾から垂れた水滴と。

婚約指輪は、豊玉姫にあやかったあの真珠の指輪にしよう。

人と異類との縁《えにし》は、きっと神代の昔から続いているのだから。

第二話　つばさの結婚指輪

青空を見上げると、朝焼け色の鳥たちが羽ばたいていた。

トキだ。

鶴のような細長いくちばしが、地上からでもはっきり分かる。

「トキに追い越されてもうた」

東山《ひがしやま》山麓へ向かうトキの群れを見つめながら、宗太郎《そうたろう》はつぶやいた。

自分の声の高さがもどかしい。十二歳になっても声変わりが来ないので、宗太郎は寺子屋で内心肩身の狭い思いをしている。

声が高いからといって馬鹿にされるわけではないのだが、同じ年頃の寺子たちと自分を比べると肩のあたりがずんと重くなる。

読み書きや算術ができるだけでは不足だ。特に今の日本では。

——体も、早《はよ》う大人にならなあかん。

その方が、戦や事件に巻きこまれた時に逃げやすいはずだ。

宗太郎は坂を上り続ける。

走りたいが、我慢して歩く。

あまり大きく下駄《げた》を鳴らすと行儀が悪いからだ。

道沿いに住む焼き物職人たちに「小間物屋の丹後屋《たんごや》のご長男は、行儀がよろしゅうない」と思われたら困る。京都《きょうと》は狭いのだから、評判は大事だ。

――ええなぁ、トキは。寺子屋までひとっ飛びで行ける。

東山山麓の中腹に、小さな寺がある。

名を永福寺《えいふくじ》という。まだ三十代半ばの円妙《えんみょう》という和尚が住職を務めながら、離れで寺子屋を開いている。

トキは寺へ羽を休めに、宗太郎は字や算術や商売の基本を習いに行く。寺子屋には京や大坂《おおさか》、江戸《えど》で刷られた教本があるので、先生が和尚一人でも不足はない。

「羽を休めに行くのは、俺も同じかもしれへん」

宗太郎が生まれる前、ずっと東にある浦賀《うらが》という港に黒船がやってきた。異国から来た大きな船だ。

その時から、日本全体が騒がしい。

江戸に住む徳川《とくがわ》幕府の将軍は、黒船に乗った異人から提示された、不利な商売の条件を受け入れてしまったそうだ。

幕府の対応に怒り、異国人を追い払おうと仲間を集めた人々がたくさん殺された。

井伊《いい》大老《たいろう》という幕府の偉い人物が、彼らを捕らえて処刑してしまったのだ。

和尚いわく、この事件を「安政《あんせい》の大獄《たいごく》」と呼ぶ人もいるという。

しかし井伊大老も、ある日江戸城《えどじょう》へ向かう途中で暗殺された。多くの恨みを買っていたのだろう、と宗太郎は思う。

そして宗太郎が住む京都の市中でも、幕府と対立する人たちが相次いで殺された。

特に衝撃的だったのは、去年近所の近江屋《おうみや》で起きた事件であった。

殺されたのは、町の皆に「龍馬《りょうま》はん」と呼ばれていた腕の太い人と「中岡《なかおか》はん」と呼ばれていた目鼻立ちのくっきりした人だ。二人とも強そうだったが、不意を突かれて斬られてしまった。

さらに今年に入って、京都の南――鳥羽《とば》と伏見《ふしみ》で大きな戦が起きた。

殺し合いは当分続きそうだ。日本中で戦が起こると大人たちは噂《うわさ》している。

――そやけど、永福寺は平和や。倒幕やら何やら関係ない場所やし。

トキの鳴き声が、カォウ、カォウとこだまする。

円妙和尚の寺に着いて、安心して鳴いているのだろうか。

「おお、トキがお寺へ行かはるわ」

通りすがりの老夫婦が立ち止まって、トキを見上げた。寺子屋へ通う道でたまに見かける二人だ。

「下から見るのが一番きれいやね。朱鷺色《ときいろ》がよう見える」

妻がつぶやくように言った。

トキの尾羽や翼の内側は「朱鷺色」と呼ばれる。その奥に杏《あんず》の実を隠しているような、はんなりとした色だ。

「トキの羽根て、高《たこ》う売れるらしいな」

群れを目で追いながら夫が言う。

「噂では、浦賀や長崎《ながさき》の港で異人に売るんやて。異国にはトキがおらへんから」

「はぁ、異国の晴れ着にでも使うんやろか」

「そんで、鴨川《かもがわ》や田んぼでトキを獲《と》る人らが増えてるらしいわ」

「何や、むごたらしいなぁ。やめときや」

「せえへん、せえへん。そういう人らもおる、という話や」

困り顔で夫は言う。

「わしらには焼き物職人の仕事がある。それに、永福寺の和尚さんが悲しまはるわ」

さらに十羽余りのトキが鴨川の方から飛んでくる。カォウ、カォウと鳴く声が、助けを求めているように宗太郎には思えた。

「逃げや、逃げやぁ。お寺に逃げたら安心やで」

夫がとぼけた口調で空へ呼びかける。

「あんた、和尚さんやあるまいし。トキに人の言葉は通じまへんえ」

妻はそう言いつつ、夫と一緒にトキを見送っている。

和尚は博識で常に沈着冷静なのだが、「トキは人の言葉が分かる」と主張する風変わりなところがあるのだった。

老夫婦の様子に、宗太郎はほのかな好感を抱いた。

――何でか分からへんけど、ええな。

空を見上げていた二人がこちらに気づいたので、宗太郎は会釈をした。

「お二人の優しき御心《おんこころ》がけ、我が師・円妙も喜びます」

かしこまって宗太郎が言うと、老夫婦は顔をほころばせた。

「寺子さんやったか。御心がけとは、ご丁寧におおきに」

「勉学、おきばりやす」

二人に見送られ、先ほどよりも軽い歩調で坂を上る。

京の商家の息子と、比叡山《ひえいざん》で修行を積んだ僧。立場や身分は違っても、宗太郎は和尚を慕っている。もし安政の大獄のように和尚が害された場合は、自分はきっと首謀者を恨むだろう。投獄だの獄死だの、和尚にはきっと無縁の話だろうけれど。

和尚の寺に着くと、本堂の屋根にトキが集まっていた。相変わらず、宗太郎が近づいても逃げる気配がない。

和尚は、池のほとりに立って何やら手紙らしきものを読んでいる。人の手紙に興味はあるが覗《のぞ》きこむ趣味はないので、遠くから呼びかけることにした。

「こんにちは、和尚様」

「おお、宗太郎が一番乗りだ」

手紙を手にしたまま和尚は応えた。おっとりしたしぐさで懐に仕舞っている。

「来る途中で何か変わったことはなかったか？」

異変だらけの世の中なので、宗太郎は和尚の問いをさほど不審に思わなかった。

「特に、何もないですけど……焼き物職人のご夫婦から噂を聞きました」

「ほう」

「トキの羽根をむしって、異人への売り物にする人々がいるそうです。田や鴨川にいるのを網で捕らえるのだとか」

ケェッ、と鋭い声が響いた。

本堂の屋根から一羽のトキが舞い降りてきた。黒く長いくちばしを宗太郎に向け、案外重い足音とともに近づいてくる。

「かんにん、かんにん。嫌な話やったなぁ」

距離を詰めてくるトキに、宗太郎は謝った。

トキはうなずくようにくちばしを上下させた。飛び立って庭石に止まり、羽づくろいを始めた。翼裏の美しい朱鷺色がよく見える。

「和尚様。やはりトキは人の言葉が分かってるみたいです」

「うむ」

「最初に聞いた時は冗談や思いました。トキは本当は賢くて、人のそばで暮らしながら人の言葉を学んでるなんて」

「拙僧は嘘などつかぬ」

庭石に移動したトキが、大きく音を立てて翼を広げる。トキは赤い脚をしているのだが、この個体の脚は特にあざやかな赤だ。

「あのトキ、脚がきれいや。うちの店でも売ってる、土佐《とさ》の赤珊瑚《あかさんご》みたいな」

「うむ。拙僧は『赤脚《あかあし》』と呼んでいる」

「もうちょい雅《みやび》な名前、つけてあげたらどないです。たとえば『平家《へいけ》物語《ものがたり》』に出てくる、黒馬の『磨墨《するすみ》』みたいな」

「拙僧は京ではなく比叡山で修行した身だ。雅ごとは分からぬ」

「『平家物語』を教えてくれはったのは和尚様やないですか。しゃあないなぁ」

「雅が身につかぬ師匠で、すまんな。ところで宗太郎に頼みがある」

「俺にできることやったら、何なりと」

「もしトキと話せるようになったら、できるだけ助けてやってくれぬか」

真剣な顔で和尚に頼まれて、宗太郎は戸惑った。

「和尚様。何ぼ何でも、ありえまへん」

「そうだろうか」

「トキが人の言葉を理解するのと、トキが人と会話するのとでは全然違いますやろ？飛躍しすぎや」

「おお、やはり宗太郎は賢い。算術の問題も楽しんでやるだけある」

「おおきに。ついでに言うと、もしも俺がトキやったら、俺のような浅学非才の者よりも和尚様を頼ります」

「そうか」

寺子屋で習った「浅学非才」をうまく使ってみせたのに、和尚は反応しない。

「神仏判然令《しんぶつはんぜんれい》の影響は予測できぬ。拙僧がここから去る日も来るやもしれん」

「判然令……。ああ、あの何日か前に出たお触れ」

これまでの日本は神社で仏像を祀《まつ》ったり神社の敷地に寺が建っていたりと、神仏の居場所が入り交じっていた。それはけしからん、はっきり分けよ、という布告だ。

「和尚様。このお寺には関係ないのと違いますか」

「そうか？」

「神仏判然令は、確か……神社で仏像をご神体にしてたり、神社に仏具を置いたりするのは良くないから直しなさい……というお触れやったはず。このお寺には関係あれへん」

「どうだろうな」

——和尚様、今日はおかしいな。

ひとまず、先ほどの和尚の冗談に乗ることにする。

「何やよう分かりませんけど、トキが話しかけてきはったら、助けてあげますわ」

「おう、頼んだ」

寺子屋として使われている離れに上がると、宗太郎は掛け軸に手を合わせた。

「文殊菩薩《もんじゅぼさつ》様、本日もよろしゅうおたの申します」

白い絹地に墨で描かれているのは、知恵を司《つかさど》る文殊菩薩だ。掛け軸の裂地《きれじ》に金糸が織りこまれ、宗太郎にも高価な品だと分かる。

――泥棒に狙われたりせえへんのかな。

心配にはなったが、きっと比叡山の僧兵が守ってくれるのだろう。

宗太郎は座卓の前に座ると、持ってきた算術の教本を開いた。

「奥から新しい紙を出してくるゆえ、宗太郎は教本を読んで待っておれ」

「俺も手伝いましょか」

「いや、宗太郎は教本を読んでおれ。何が書いてあったか、後で拙僧に教えてくれ」

「『寺子も時には師となってみよ』ですね」

いつか教わったことを宗太郎は諳《そら》んじてみせた。和尚は「うむ」と言って襖《ふすま》を開け、奥の間へ入っていく。

「宗太郎。お前さん、宗太郎というのだな」

入り口のあたりから名を呼ばれた。少女の声だ。

「ん？」

振り返ると、文殊菩薩の掛け軸の前に少女が立っていた。年頃は同じ十二歳前後に見えるが、髪を結っていない。洗って乾かして、そのまま急いで来たのだろうか。

――きれいな髪。涼しげな顔してはるから、水仙や桔《き》梗《きょう》が合いそうやわ。

「君は誰や？」

おおかた新しい寺子だろう。宗太郎と和尚が話していたので、声をかけそびれていたのだろうか。

「つばさ」

「翼？　鳥の？　珍しい名前やなぁ」

「だが、美しいだろう。父母につけてもらって、気に入っている」

自分で自分の名を美しいと言う娘に、宗太郎は初めて出会った。

「髪、せめて括《くく》らんと邪魔になるんちゃう？」

「櫛《くし》だのかんざしだの、窮屈だ」

――京や大坂の言葉やない。和尚様と同じ、東の方の生まれやな。

「括らな、字を書く時に墨がつくやんか」

少女の黒髪が墨で汚れるのはいかにも惜しい。せめて髪を括れるものをと、宗太郎は着物のたもとを探った。

「あった、あった。あげるし、括っとき」

たもとから出したのは、紙縒《こよ》りであった。和紙を細く裂いて紐状《ひもじょう》に縒ったもので、紙を綴《と》じて冊子にするのに使ったり、髪を結う元結《もとゆい》に用いたりする。

「ありがとう。なんで紙縒りを持ってるんだ？」

細い指が紙縒りを受け取る。指先の赤みが、トキの羽の色にそっくりだ。

「小間物の意匠を描いたり、寺子屋で習ったことを書いたりした紙を綴じて帳面にするんや。そしたら、持ち運んで読み返しやすいやろ」

宗太郎は風呂敷包みの中から、大人の手のひらくらいの帳面を出した。自作だがきれいに綴じたつもりだ。

「小間物の意匠？」

左右の髪を後ろで括りながら、つばさは聞いた。全部括らず横髪だけ括るなんて、変わった髪型だと宗太郎は思う。

「意匠というのは、着物や道具の形や色のことや」

「宗太郎は、意匠を図案に描いて残してるんだな」

「そういうことや。で、俺ん家《ち》は小間物屋。丹後屋て、知らへん？」

「知ってるさ。龍馬さんが斬られた近江屋のすぐ近くだ」

つばさは無感動な声で言い、手を伸ばしてきた。

「小間物、描いたの見せてくれよ」

どうも少年くさい喋り方をする娘である。

「ええけど、その横だけ括ってる結い方、どこで習《なろ》うたん？」

「異人の娘たちがこういう風にしてるんだ」

「君、もしかして浦賀から来はったん？　そんで、異人を見たんやな？」

「浦賀にも行ったよ」

――なるほど。昨今の騒ぎを避けて、江戸の方から逃げてきはったわけや。

宗太郎は、帳面を開いて手渡した。一番達者に描けた頁《ページ》だ。

「ほら、これが懐紙入れ。水仙の模様に無地の布を組み合わせたら格好ええと思う」

「へえ、びゅりほ」

「びゅりほ？」

「異人の言葉で『美しい、麗しい』ってことさ」

「物知りやなあ」

感心している間に、和尚が奥の間から戻ってきた。手には紙の束を抱えている。

「和尚様。新しい寺子が来るなんて、聞いてまへんで」

「新しい寺子？　最近は受け入れていないが？」

和尚が怪訝《けげん》な顔をする。宗太郎は掛け軸の方を振り返った。

そこにつばさの姿はなく、朱鷺色の羽根が一本落ちているだけであった。

「女の子が……。ついさっきまでおったんです」

「ほう。宗太郎がトキに心を寄せたから、人に化けて会いに来たのだろう」

和尚は羽根を拾い上げて、感じ入った様子で眺めている。

御伽草子《おとぎぞうし》ちゃうねんから――と思っているうちに馴染みの寺子たちがやってきて、宗太郎はつばさの正体について放念した。


翌日、店を開ける直前の丹後屋に来客があった。

永福寺の和尚様が、旅支度で玄関先に来ている――と父から告げられて、宗太郎はただならぬ気配を感じ取った。

予定していた旅ならば、昨日自分たち寺子に教えてくれたはずだ。

「おはよう、宗太郎」

玄関に出ると、和尚が荷物を背負《しょ》って立っていた。足腰が悪いわけでもないのに、杖《つえ》を携えている。山を越えるつもりなのか、もしや護身具をかねているのか。

「和尚様。おはようございます」

朝の挨拶が口からこぼれ出る。挨拶という型があるのはありがたい。何を言えばいいのか分からない時に役立つ。

「すまん。京を離れることにした」

「そんな、急に。突然すぎるやないですか」

「昨日、比叡山の日吉神社《ひえじんじゃ》で経巻《きょうかん》とみほとけ……仏像が焼かれた」

「ひ、火を？　罰当たりな——」

和尚の眉がわずかに寄る。心を痛めているのだ。

「焼いたのは、日吉神社の神官たちだ。神仏判然令を根拠として、社殿内の仏像を破壊し経巻に火を放った」

宗太郎には理屈が分からない。

「神仏判然令は、分けるだけとちゃうんですか。神様と仏様の居場所を」

「法にそのように書いてあっても、生きた人間の動きは別だったわけだ。神仏のうち神は敬い、仏は廃する」

「そんなん無茶苦茶や」

「道理より人の望みと暴力が勝ったのだ」

和尚の表情は苦しげだが、物言いは淡々としている。

自らの進む仏道が、破壊という形で穢《けが》されているのに。

「昨日拙僧が読んでいた手紙は、脱出した僧がふもとの村人に託したもの。走り書きで惨状を記していた。見過ごすわけにはいかん」

「逆やないですか！」

声が震えた。和尚の言うことはおかしい。人の道理に沿ってはいるが、宗太郎にとってはおかしい。

「逃げてください。和尚様は比叡山で修行しはったんやから、とばっちり食わへんように遠くへ逃げなあかん。何で逆に、比叡山へ行ってまうんですか」

「救い出せるものは救う。人も、仏像も経巻も」

「和尚様を行かせてやりよし、宗太郎」

振り返ると父が立っていた。母は廊下で見守っている。

「心ばかりのお布施をさせておくれやす」

父が渡した袱紗《ふくさ》包《づつ》みを、和尚は深く礼をして受け取った。おそらくは路銀だろう。

「子らを教える仕事を投げ出して、すまない。一番年長の宗太郎にだけは挨拶しておかねばと思ってな」

和尚はもう一度「すまない」と声を絞り出し、小路《こうじ》を曲がっていった。

慌ただしい別離を受け入れようと、宗太郎は帯のあたりで拳を握りしめた。

元号が「明治」と定まったのは、この年の九月のことであった。

＊

およそ三年ぶりに訪れた永福寺は荒廃していた。

この荒れ方は、歳月のみの仕業ではない。

庭石が横倒しになり、水の涸《か》れた池には木魚が転がり、石塔は無残に崩れている。人によって破壊され、歳月によって土埃《つちぼこり》にまみれ、ここまで荒れ果てたのだ。

本堂の屋根を見上げれば、瓦の隙間から草が生えていた。かつてはトキが羽を休めていた場所だ。今思えば、あれはまるで蓮《はす》のつぼみが集ったような眺めだった。

「まるで百年経ったみたいや」

宗太郎の声は、もう青年のそれになっていた。背は伸び、首や肩の輪郭は厳《いか》つくなって、和尚と再会しても宗太郎だと分かってもらえなさそうだ。

風が吹いて短い髪を揺らす。ここの寺子だった頃は髷《まげ》を結っていたのに、今はざんぎり頭だ。最初は落ち着かなかったが、洗いやすく風通しも良い。

明治四年の今、宗太郎は十五歳になっていた。

この三年間、宗太郎は永福寺に行くことを両親から禁じられていた。日本各地で寺院が破壊の憂き目に遭っている状況で、山の中の寺へ行くなど危険すぎる、というのが理由であった。

今日も両親は難色を示したのだが、日の高いうちに帰ってくるからと説き伏せて家を出てきたのだった。

「和尚様……。おるわけないか」

離れの屋根もまた崩れている。

開きっぱなしの戸口から、壁の掛け軸が見える。表装の金糸がほつれてきらきらと光っている。

顔のあたりが引きちぎられた文殊菩薩の絵姿に、宗太郎は手を合わせた。

「すんません。文殊菩薩様」

救い出せなかったことを詫《わ》びた。そして、和尚に申しわけなく思った。

「すんません。和尚様。三年もほったらかしで」

「円妙和尚なら、怒らないさ」

聞き覚えのある口調だ。見回すと、すぐ隣に矢絣《やがすり》模様《もよう》の着物と長い黒髪が見えた。

あの娘だ。成長していても分かる。名前は何といったか。

「あかんやないか。おなご一人でこんなとこに来たら」

一歩下がって相手の姿を確かめる。矢絣模様の着物に葡萄色《ぶどういろ》の袴《はかま》、足首まで覆う黒いブーツ。左右の髪を後ろで括って布で飾っている。

「ええと、つばさ、やったな」

「『ええと』だって？　宗太郎」

つばさは心外そうであった。

「わたしはずっと宗太郎を覚えていたのに、名前を思い出すのに間があったな？」

「無茶言わんといてえな。一回しか会《お》うてへんやないか。しかも三年も前」

何が面白いのか、つばさは目をそらして「ふふ」と笑った。宗太郎は、悲嘆に暮れかけていた心が温かくなっているのを感じた。たった一度会っただけでも、見知った者が息災でいてくれるのは嬉《うれ》しい。

「宗太郎。建物の近くにいたら危ない。瓦が落ちてくるかもしれない」

つばさが袖を引っ張ったので、宗太郎はぎょっとした。女子たる者が何というはしたない——と言いかけたが、ひとまず後ろに下がる。

「どこにおったんや、今まで」

「うん、気になるだろう」

着物の袖を翻し、つばさは横倒しになった庭石に座った。細い手首をさらして、青い空を指さす。

「あっちにいた」

どういう意味なのか、宗太郎はしばし考えた。

「高い山の上に避難しとったんか？」

「ふふっ、はっはっは」

つばさは天を仰いで笑いだした。

「あのなあ」

「うん、まあ、山にいたこともある」

庭石の上でつばさが立とうとする。

「おい、危ない」

黒いブーツが庭石を蹴った。黒髪と袖が広がる。こちらに倒れこんでくる、いや、抱きつかれる。

ざんぎり頭に手が触れる。袴を穿《は》いた両脚が胴を挟みこむ。

「さ、猿か！」

狼狽《ろうばい》しながらつばさの細い体軀《たいく》を抱えた宗太郎は、おかしなことに気づいた。軽いのだ。乾いた木切れを抱いているような軽さだ。

いくら細身の少女でも、ありえない。

「な、何や？　西洋の怪しい術か？」

あわてる宗太郎にしがみついたまま、つばさは「ふっふ」と笑った。

「怪しいと思うなら離せば良いのに」

「……怪しい奴やから捕まえてる。何者や」

「色気のない答えをする奴だ」

この状況で色気があってたまるか、と思う。

「鳥は軽いんだよ、宗太郎。飛ばねばならないから」

つばさが身をひねりながら宗太郎の肩を押す。腕から逃れて舞い上がったのは、一羽のトキだった。朝焼け色の翼を広げ、庭石に舞い降りる。鉤爪《かぎづめ》のついた細い脚は、珊瑚のように濃い赤色だ。

「『赤脚』と和尚は呼んでくれた。『磨墨』より劣る名だとは思わないよ」

トキがつばさと同じ声を発した。つばさの姿はどこにも見えない。

「ほ、ほんまにあのトキなんか？」

何かのからくり仕掛けで変身したのでは、と思って宗太郎は庭石の周囲を見た。

「これは……西洋のからくり仕掛けちゃうんか？　つばさはどこ行ったんや？」

「あほう。たった今、人に化けたところを見せただろう」

怒声を上げたトキは、地面に下りるとザクザクと土を踏んで近づいてきた。あの日と同じだ。思い出せる。

「かんにん、かんにん」

両手を前に突き出して謝った。

「ふん。覚えているじゃないか」

トキ――つばさは、一度カォウと鳴いてみせた。

「話は戻るが、和尚を思いやってくれてありがとうよ、宗太郎」

「お、おう」

先ほど和尚に詫びたことを言っているのだ。

「恩義を感じてるんやな」

「そうだとも。円妙和尚は、食うわけでもないのにトキを捕らえるなと人々に説いていた」

「食うのはええんや……」

「殺すなら肉を食え。落としどころというやつだ」

「分かるような分からんような理屈や」

「ところで鶴女房の話を知ってるかい、宗太郎」

「知ってる。助けた鶴が人間の女に化けて、嫁に来る話やろ」

「われわれも人に化けることがある」

「われわれ？」

「見てみろ、宗太郎」

くちばしが斜め上を指す。松の木々が生えているあたりだ。

枝に人が腰かけている。一人だけではない。宗太郎と同じ町人風の若者や、羽織に袴姿の老人や、小さな子どももいる。本物の人間なら枝が折れてもおかしくない。

「トキなんか、ほんまに」

宗太郎は問うた。町人風の若者がうなずく。

「つばさに紙縒りをくれた子だな。寺子屋の戸口で聞いていたよ」

若者は懐かしそうだ。

「なあ、宗太郎どの。われわれと一緒に、天狗《てんぐ》のお山で暮らさないかい？」

「どういうことやねん」

後ろから袖を引っ張られた。

黒髪の乙女に戻ったつばさが、赤い顔をしていた。

「何だい、もっと二人きりで話したいかい」

「おかしら。からかうんじゃない。わたしのことも、宗太郎のことも」

「悪い、悪い。あの坊が大きくなったと思ったら、楽しくてな」

呼応するように、トキたちが鳴いた。

さっきまで人間だった者たちが、おかしらと呼ばれた青年を除いてトキに変化していた。子どもも、老人も。

「こりゃあ……。何ということや」

「宗太郎、大丈夫だ。天狗のお山へ行く仲間には、人間もいる」

つばさが袖をつかんだまま言う。

「大丈夫て言われても。どういう話が進んでるのか、教えてえな」

「へへっ」

切れ長のすっきりした目を細めて、つばさが笑った。袖から手が離れて、宗太郎はやや残念に思う。

「あのな、宗太郎。わたしたちは、京都で商売ができる人を探してるんだ。天狗のお山で、薬草を作って暮らすから」

「作るだけでは暮らせへん。そやから、販路を持ってる人間が必要なんやな」

「うん。手数をかけた分、銭は払うぞ。宗太郎は丹後屋を継ぐのだろう？」

つばさは力強く言った後、小首をかしげた。

「嫌そうな顔だな。鳥と商いをするのは嫌か？」

「……そういうことやない」

簡単に話すのは癪《しゃく》であった。

「丹後屋では、薬草は扱わないのか？」

「そうやない。丹後屋はもう、商売をたたむんや」

つばさは驚かなかったが、トキの鳴き声がほうぼうから湧き上がった。

*

漆喰《しっくい》と瓦でできた火《ひ》の見櫓《みやぐら》は新しいが、木造の校舎は少々古びている。校庭は百坪ほどだが、今は授業中なので子どもたちはおらずがらんとしていた。

「なるほど、これが宗太郎の働く小学校か」

袴の腰に手を当てて、つばさはなぜか誇らしげだ。

「火の見櫓だけ、ぴかぴかだな」

「校舎の建材は再利用らしい。よう知らんけど」

明治二年、京都に六十四の小学校が造られた。京都の人々が私財を集めて築いた、地区単位の小さな教育機関であった。

「このご時世で働く場所があって、良かったじゃないか」

「働く言《ゆ》うても、俺は簡単なことしか教えてへんよ。寺子屋で和尚様に習った、算術やら字やら」

「算術は丹後屋でも手伝いで使っていた。だから宗太郎は、まだ十五でも子らに算術を教えられるわけだな」

「まあ、金の計算、品物の数の計算、小間物を作る布の長さの計算……とやってたのが活《い》きたわけやけど、複雑やな」

「ご両親は四十路《よそじ》で、心身ご壮健とか。まだまだ先があるのだから、舎密局《せいみきょく》とやらで働くのは悪くない道だと思うぞ」

道中で話した丹後屋の事情に、つばさは好意的な見解を持っているようだ。

昨年、京都舎密局という役所が仮設立された。西洋の理化学を研究し、産業に取り入れるのだという。

京都舎密局では織物や染物など伝統産業の改良実験も行うと知った途端、宗太郎の両親は「舎密局で働く」と言って丹後屋をたたむ準備を始め、役所に働きかけて職員になる約束を取り付けてしまった。昔取った杵柄《きねづか》で、自分たちの知識や人脈が生きると売りこんだらしい。

突然の廃業に泡を食った宗太郎が行き着いたのが、小学校で算術などを教える道であった。

「わが親ながら、変わり身早すぎやで……」

まるで相槌《あいづち》を打つかのように、火の見櫓に止まったトキが鳴いた。自分の今の仕事場を見せてやろうと言い出した宗太郎に、つばさだけでなく何羽かのトキもついてきたのだった。

「国が何とかしてくれる前に、京都のみんなで造った急ごしらえの小学校や。そやから教本……当世風に言うと教科書もないねん」

「どうやって教えるんだ？」

「寺子屋で使われてた『論語《ろんご》』を隣の席同士で見てもろてる」

「『論語』か。中国の孔子《こうし》の教えだな」

「日本の石門心学《せきもんしんがく》という教えもあるけど、俺は詳しゅうないから他の人らが担当してはる」

「石田《いしだ》梅岩《ばいがん》さんの、商人の心得だったか」

「何でそんなに人間の事情に詳しいんや？」

「空を飛べば色々耳に入るものさ。字はどうやって教えるんだ？」

「明治になる前、町に立てられたお触れの高札《こうさつ》を丸写しにしてもろてる」

「大変だな」

「大変なのは子どもらの方や。外国に追いつけ追い越せ、それには教育や、言うて集められて、好きでもない勉強せなあかん」

「宗太郎は好きだったじゃないか、勉強。紙と紙縒りで帳面を作って、和尚から教わったことを書きつけていたのだろう？」

「覚えてたんか」

「覚えてるぞ」

つばさが髪を掻《か》き上《あ》げる。あの日宗太郎が渡した紙縒りでそうしたように、左右の髪だけ後ろで括っている。当時と違うのは、紺色の布飾りだ。

「この布飾りはな、リボンというのだ」

「へえ、リボン。外国の字でどう綴《つづ》るん？」

「これっ、そこの二人！　何の用や！」

竹刀を持った男が校舎から出てきて、声を張り上げた。

「隊長。お仕事おつかれさまです」

すごい剣幕だ、と思いつつ宗太郎は挨拶した。各小学校で警備を担う警固方の隊長で、見知った顔の若者であった。

「あっ、訓導《くんどう》の宗太郎君やないか。おなご連れてるから、宗太郎君と分からへんかった。かんにん」

「いつも女っ気が無《の》うて、すんまへん」

宗太郎と隊長のやり取りをじっと聞いていたつばさが、ふふ、と可愛らしく笑った。

――おお、急に娘らしゅうなった。

宗太郎が驚く一方で、隊長は厳しい顔つきになった。

「いったいどうしたんや、宗太郎君。今日は休みやと思ったけど」

「短い間ですけど、永福寺の寺子屋に来てたお人なんです。せっかく京都に来てくれはったけど、ご存じの通り寺子屋はもうない。せめて今の小学校を見せてあげたかったんです」

来る途中でつばさと示し合わせておいた設定を、宗太郎は淡々と語った。つばさは矢絣模様の袖で半分顔を隠してうつむいている。

「こりゃあ、また……。何と言うてええか」

隊長は表情をやわらげて、同情する風な声音になった。

「円妙和尚が古巣の比叡山を助けに行ったという噂は、警固方にも届いとる。しかし、その後の消息はとんと聞かへんままや」

「便りがないのは良い便り、と思いたいですが……」

ドン、と太鼓が鳴った。

正午を知らせる太鼓だ。西洋式の時間で暮らすようになったものの時計は高価なので、小学校で太鼓を鳴らして時刻を知らせているのだった。

「宗太郎さんや。今日お休みちゃうん？」

「宗太郎さん、おなご連れてきてるやん！」

「隊長さん、何の話してはったんですか？」

豆のごとくまん丸い坊主頭の少年たちが、ぱらぱらと校舎から出てきた。

「あー……。みんな、弁当の時間やろ。早う食べや」

しまった、と思いながら宗太郎は言った。

子どもたちに見つかった時にどう話すか、考えていなかった。

「訓導さん、このご婦人はどなた？」

大人びた物言いの、十歳くらいの少女が聞いた。

「昔ちょっとだけ、同じ寺子屋におったお人で……」

「わたしは、宗太郎さんの嫁」

つばさが突然言い、どよめきが周囲で湧き起こった。

「宗太郎君、聞いてへんで」

隊長が目を丸くしている。

俺も初めて聞きました――と言いたいところだが、それではつばさが可哀想な気がして、宗太郎は「いやはや」とだけつぶやいた。

「まだ祝言をあげてへんのでしょ。なら、あんたはお嫁さんやのうて、許嫁《いいなずけ》や」

先ほどの少女が、挑発するような表情で言った。つばさはにっこりと笑顔を返す。

「そう。わたしは許嫁。宗太郎さんの」

――おい。小さい娘っ子と張り合うの、やめえや……。

宗太郎は天を仰いだ。

火の見櫓に止まったトキが、こちらを睨《にら》んでいるのが分かる。

「隊長さん。今日の所は、これで失礼させてもらいます。このお人を、ご親族のもとへお送りせなあかんのです」

「おお、ご苦労さん。ご親族公認とは、めでたいやないか」

隊長が冷やかし気味に言った。誰も認めてなどいないし宗太郎自身寝耳に水なのだが、やけっぱちな気分で「はい」と笑い混じりの返事をする。

――今後何か聞かれたら、俺がつばさに愛想をつかされたことにしよう。

算段を立てながら、宗太郎はつばさとともに一礼して小学校を辞した。

明日出勤したら他の訓導から詮索されそうだが、とにかく今は目の前のつばさとトキを穏便に説得せねばならない。

＊

「な、分かったやろ。俺はもう商家の息子とちゃうんや」

陽光にきらめく鴨川を見つめながら、宗太郎は言った。ついてきたトキたちは羽目当てに捕らえられるのを警戒してか、樹《き》から樹へと飛び渡っている。

「そやからな、つばさと一緒には行けへん」

「妙だぞ」

拒絶の言葉にもめげず、つばさは顎に指先を当てて怪しんでいる。

「何がや」

「宗太郎、あの小学校をあまり大事に思ってないだろう」

痛いところを突かれた。自分にとって永福寺と同等、と言えば嘘になる。

宗太郎は無言で、つばさの話の続きを待った。

「まず、大事な場所を守ってくれる隊長殿に対して少しばかり他人行儀だ。宗太郎の性格からして、もっと懐きそうなものなのに」

「人を犬っころみたいに言うて。俺の何を知っとんねん」

「知ってるさ。初対面の女の子の髪が汚れるのを心配してくれた、素敵な先輩だ」

いきなり褒められて困惑し、宗太郎は「ふうん」とだけ言った。

「もう一つ。大事な場所ならば、われらに見せず秘密にしたのではないか？」

つばさの声は確信に満ちていて、宗太郎はそちらを見られない。切れ長の目を覗きこんだら最後、何もかも見透かされてしまう気がするのだ。

「それは……俺が本物の訓導やと証明するため……いや、反論になってへんな」

宗太郎はざんぎり頭を掻いた。

やはり言いたい。他の誰でもなく、つばさに聞いてもらいたい。

「あの小学校な。他の小学校もやけど……」

「うん？」

思いのほか可愛らしい声を出されて、宗太郎はつばさの顔を見てしまった。

一心に話を聞こうとしている顔だ。

何となく目をそらして、宗太郎は言葉を継ぐ。

「掛け軸が二幅あんねん」

「にふく？　ああ、掛け軸はそうやって数えるのか。どんなのだ？」

「一幅は天神様のお名前。もう一幅は孔子様のお名前や。どっちも学問の神様」

宗太郎は腰に差した矢立《やたて》を取り出した。墨壺《すみつぼ》と筆が一組になった筆記具だ。

帳面も懐から出して、掛け軸のそれと同じ文字を書く。

天満神《てんまんじん》

孔子神《こうしじん》

「こう、大きく三文字書いたんが並んでるわけや」

「ふんふん。天満神は北野天満宮《きたのてんまんぐう》に祀られている菅原道真公《すがわらのみちざねこう》。孔子神は『論語』を書いた中国の孔子だな」

「どっかの字の上手なお公家《くげ》さんが書いてくれはったらしい。他の小学校にも飾られてる。みんなが学問に励むよう、お守りに」

「文殊菩薩様のいない空間だな。宗太郎」

手に刺さったとげを抜いてもらったような感覚だった。宗太郎は、頼りなげな声で何度か「うん」と言った。

「神を尊び、仏を廃する。その流れはまだ京都に生きてるんや。和尚様が知ったらきっと悲しむ」

「うん。宗太郎は？」

「俺は。俺は、和尚様ほど仏道を大事にしてたわけやないけど」

胸のあたりを拳で押してみる。拳で憤りを抑えこんでいる気分だ。

「大事なもんを、ないがしろにされてる気分になるんや。あの掛け軸が飾られている校舎に入ると」

「宗太郎は、文殊菩薩様の掛け軸に手を合わせていたものな」

上空を飛ぶトキが甲高く鳴いた。

「そうだよ、宗太郎。われらトキも、仏も、明治の世では捨てるべきものになった」

東山山麓を指さして、つばさは低い声で言う。

「ずっと東、江戸だった場所ではな。西洋風の街並みをどんどん広げているんだ。田や畑や池が潰されて、トキの餌場がなくなっていく。餌が減って弱ったトキが捕らえられ、羽根をむしられる」

「何とかならへんのか」

「ならないね。人に化けられるトキはほんの一部なんだ」

つばさは腕組みをして、宗太郎の真正面に立った。

「なあ、宗太郎。明日も会ってくれないか」

剣術か柔術の勝負でも挑むかのような、強い視線だ。

いったい今度は何を提案されるのか。

「ええけど、朝から昼過ぎまで訓導の仕事や」

「じゃあ夜に行くよ。丹後屋まで」

「戸締まりしてるで？」

「宗太郎の部屋はどこ？」

「二階の一番奥やけど」

「家の者たちが寝静まった頃、中庭に降りるよ。そこから宗太郎の部屋へ行けるだろう？」

つばさが何を言っているのか分かった瞬間、宗太郎は天を仰いだ。途方に暮れたのと、仲間のトキたちに聞かれていないか気になったのと、両方だ。

——夜の逢《あ》い引《び》きを提案するとは、とんでもないおなごや。しかも俺ん家で。

だが相手は鳥だ。

この場合どうすれば良いのだろうか。

鴨川上空を流れる雲を見つめながら、宗太郎は考える。鶴女房の物語ならば、子どもを作れるのだが。

「いやいやいや。どこへ行くねん俺は」

身を折って地面に顔を向け、想念を現実に引き戻そうとする。

「どこって？　明日は学校で仕事をして、丹後屋でわたしを待つのだ」

「承諾前提かい」

「どこへ行く、なんて言いだすからだ」

「自分の想念がどこへ行くのか不安になったんや」

「はあ。落ち着かぬ男だな宗太郎は」

——誰のせいやと思とんねん。

「まあいい。わたしはこれから忙しい。追ってくるなよ。そして明日の夜を待て」

髪と袖を翻して、つばさは川岸を離れていく。

「送らんでええんか」

「ありがとう。みんなと行くよ」

つばさの歩いていく先を見れば、町人風の若者と、老人がいる。知らぬ間に人間に戻って、背後から二人を見守っていたらしい。

――ほんまにご親族公認になってもうた。

丹後屋で廃業の準備を進めている両親の顔が思い浮かぶ。

――人に化けるトキが息子と逢い引きしようとしてるなんて知ったら、うちの親は失神するやろな。

しかし、宗太郎に相談せず勝手に廃業を決めたのだから、こちらも勝手にトキの仲間になっても文句を言われる筋合いはない、ような気もする。

*

つばさが来ると言ったその晩、宗太郎は煎茶を三杯飲んで中庭で待機した。

半纏《はんてん》を着て、庭石に燭台《しょくだい》を置いて突っ立っている宗太郎を見て、両親も、ただ一人残った手伝いの老女も訝った。

しかし「子どもらに絵のための筆遣いを教える。植木や庭石を見て指導方法を考えるんや」と言ったら納得した。小間物の意匠を自作の帳面に描く凝り性な子どもだと思われてきたのが功を奏したようだ。

待っているうちにいつしか庭石が青みを帯びていた。月の光だろうかと夜空を仰いだ時、娘姿のつばさが降ってきた。

「受け止めろ、宗太郎」

反射的に両腕を差し伸べた。袖がざんぎり頭にかぶさり、袴の脚が胴を挟みこむ。

「またこの格好かい」

「階段を上る足音が二つあったら、家の者たちが怪しむだろう。よって、二人で一つになってみた」

耳元でひそひそ話しながら、つばさは宗太郎の背を軽くたたいた。

「ほら、早く連れていけ」

――嘘やろ……。どういうおなごやねん。

宗太郎は燭台を手に取ると、抜き足差し足で廊下に上がった。

しがみついているつばさはかさばって邪魔だが、決して重くはない。羽根のような軽さとはこのことだ。

襖を開けると、たたんだ布団と文机《ふづくえ》と本棚が視界に入る。つばさはひょいと宗太郎から降りると、文机の前に座った。

「ここで勉強するのだな」

つばさが何の話を始めるつもりなのか、皆目分からない。

ただ、いつもの快活さがなりをひそめ、湖のように静謐《せいひつ》な雰囲気が漂っていて、宗太郎は大人しくそばに座った。

「宗太郎。いつか訓導の仕事も明治の世も嫌になったらな」

「おう」

「本当に、わたしの夫になってくれないか。気持ちだけでも」

「気持ちだけでも？」

「鳥と人が夫婦《めおと》になるのは厳しいだろう」

「鳥が人になるのも相当厳しいと思うねんけど」

「知らないよ、物心ついた頃から人に化けるトキはいたもの」

着物の胸元に手を入れながら、つばさは肩をすくめた。

「身につけて、夫婦の証《あかし》にしてほしい物がある」

つばさが取り出したのは、小さな輪っかだった。

燭台の灯《あか》りに照らされて、薄紅色の上等な真珠のように光っている。しかも金色の光まで一筋混じっている。

「変わった形の真珠やな」

「真珠ではない。わたしの羽根で作った、指輪という装飾品だ。指にはめるのだ」

「ははあ、道理で紅色がかってきれいや。朱鷺色の指輪やな」

つばさが黙った。頬に手を当てている。燭台の光ではよく分からないが、頬も額も赤いようだ。

「つばさ?」

母が子の熱を測るような手つきではなく、繊細な反物に触れるような指使いで宗太郎はつばさの額をなでた。

「……きれいだろう。きれいだから使ったのだ」

ぶっきらぼうに言い、つばさは宗太郎の手から逃れた。

「大事なもんやろ。ええんか」

多くは言わないように気をつけながら、宗太郎は聞いた。

羽根を売るために仲間たちが捕らえられ、殺されている。それを踏まえながらも作ってくれた指輪なのだ。

「宗太郎は小間物の意匠を帳面に描いていたから、小さくて可愛らしいものが好きだろう。だから、作った」

にやける宗太郎とは裏腹に、つばさは澄ましている。ただ、顔はやはり赤い。

「この金色の筋は、金糸か？」

「ああ。お顔を破られた文殊菩薩様の掛け軸から頂戴した。罰当たりと思うか？」

「いや……」

「金糸が形見のように思えたのだ。寺子屋の」

つばさは宗太郎の右手を取り、輪っかを手のひらに載せた。胸元からもう一つ出して、文机に置く。こちらは少し小さめだ。

「ぶらいだるりんぐ、と言ってだな。西洋の夫婦は、金や銀の指輪を左の紅差し指にはめて気持ちの証とするのだ」

「それで、金糸か」

手を動かすと、金糸の上でいくつもの光点が動く。しばし、宗太郎は見とれた。

「羽根と金糸を縒り合わせて作った。大きい方が、宗太郎の紅差し指に合わせてある。男にも『紅差し指』って使うの、面白いな」

「薬指とも言うやろ」

宗太郎は自分の手を見た。

「俺の薬指の太さ、見ただけで分かったのか」

「見ても大体分かったが、最初にしがみついた時に触れたからな。万全だ」

——指なんか触られたか？

記憶にない。いきなりくっつかれて動揺していたのだ、と気づく。

「あの時から、俺に指輪をくれるつもりだったのか？」

「もっと前だ。紙縒りをくれた時から」

宗太郎は呆《あき》れた。初めて出会った時ではないか。

「あのなあ。もっとちゃんと相手を見極めなあかんやないか」

「説教か。ずっと前から惚《ほ》れていたと女に言われて、他に言うことはないのか」

「知らん。隊長殿に言われた通り、女と縁のない生活やからな」

手のひらの指輪を見つめる。羽毛ということは、ちぎれやすいのだろうか。

「これ、大事にせなあかんな。着けたまま水仕事したら傷むんちゃうか？」

「糊《のり》で固めてはあるが……正直、さほど丈夫ではない。普段はお守り袋にでも入れておいてくれよ」

紙縒りは、糊で表面を固めて髷の元結にする。それと同じ要領で作ったらしい。

薬指に指輪をはめてみる。羽根と金糸と糊で出来ているにしては丈夫そうだ。

「着けてくれるのか、宗太郎」

つばさが驚いたように言う。

照れが邪魔をして、宗太郎は「うん」と言いそびれた。代わりに、素朴な疑問を口にする。

「何で薬指なんやろ？」

「他の指と比べて、ぶつけにくいからさ」

「なるほど。何で左なんやろ？」

「左に心臓があるからさ」

つばさは答えながら、指輪のはまった宗太郎の左手をつかんだ。そのまま、自らの左胸に当てる。

柔らかな感触に思考が止まった。

つばさがまばたきもせず見上げてくる。

「鼓動を感じないだろう？」

「……うん」

「人の女とは違う。だけど、わたしの夫になってくれるか」

「小学校の掛け軸の話、したやろ」

「聞いたよ。学問の神様、二人の名を書いた掛け軸。文殊菩薩様の名がないことも」

「俺はつばさ以外に、ああいう話はようせえへんと思う」

鼓動のない胸から手を離し、文机からもう一つの指輪をつまみ上げた。つばさの左手を取り、薬指に指輪をはめた。

「なるよ。トキの娘の婿になる」

指輪をはめた二人の手が燭台の灯りに照らされる。

家にあった一番大きな蠟燭《ろうそく》を使っているので、しばらくはもつはずだ。

「あのな。聞いてほしいことがあるんや」

「夫婦になったというのに、かしこまった言い方をするのだな。聞くぞ」

囲炉裏の火に集う子どものように、二人は膝を抱えて身を寄せ合った。

「つばさと初めて会うた日や。寺子屋に行く途中、焼き物職人の夫婦がおった」

「坂道だな。清水焼《きよみずやき》の職人が住んでいる」

「うん。おばあさんがトキの群れを見上げて、きれいやて言わはった。そんでおじいさんが、あの話をしはった」

「あの話とは」

「トキを捕まえて羽根を売る人らがいる、ていう話や」

嫌な話題ではあるが、つばさは無言でうなずいた。続きを聞いてくれるようだ。

「そしたらな、おばあさんが『何や、むごたらしいなぁ。やめときや』って言わはったんや。そしたら、おじいさんが『せえへん、せえへん』て」

「うん」

「おじいさんは、言わはったんや。『わしらには焼き物職人の仕事がある』って。『それに永福寺の和尚さんが悲しまはる』って」

「慕ってくれていたのだな。そのおじいさんは」

「おばあさんもやと思う。おじいさんがな、トキに『逃げや、逃げやぁ。お寺に逃げたら安心やで』って声かけはって、おばあさんが『あんた、和尚さんやあるまいし。トキに人の言葉は通じまへんえ』って」

「ふうむ」

自分でも不思議なほど、当時耳にした会話を覚えていた。なぜか好感を持ったことも、覚えている。

「でな、俺は……何でか分からんけど、二人のことを『ええな』と思った。今は、何でか分かる」

「どうしてだ？」

「京都の中でも外でもたくさん人が殺されて、血なまぐさい日々やったけど、あの二人は、トキにも和尚様にも優しかったと思う」

「そうだな。二人で一つの生業《なりわい》をすると、結びつきが強まるのだろうか」

「あの夫婦は、荒々しい世に呑《の》みこまれない強い心を持ってはったんや。名前も知らへん、たまに道で会うだけの二人やったけど。ああいうの、ええと思う」

ふと両親の姿が脳裏をよぎった。

店をたたんで役所で働く決断は、両親なりの世相への立ち向かい方なのだ。

――うちの親も、強いんやな。

だから、安心して離れられる。

「なるほどな、宗太郎」

つばさは宗太郎の左手を取って、指輪を飽かず眺めている。

「わたしたちも、世に呑みこまれない強い夫婦になろう。どんな風にすればいいのかまだ分からないが」

「一緒におったらええんちゃう」

つばさの手を握ってみた。

「鳥と人の夫婦や。一緒におるだけで充分、強いやろ。『気持ちだけでも』なんて言わんでええ」

「うん」

つばさの表情を確かめようと、顔を覗きこむ。

笑いかけられて、宗太郎は安堵《あんど》の息をついた。

「宗太郎。もう帰るよ」

「もう帰るんか」

声が少し大きくなってしまい、二人して動きを止めた。親が起きてこないか耳を澄ませて確かめてから、同時にため息をつく。

「明後日《あさって》の正午、愛宕山《あたごやま》に来られるかい。仲間たちに会わせたい」

「丹後屋はもうないのに、ええんか？」

「宗太郎が商いの基礎を習ったのは確かだ。それに人間の仲間たちの中には、満足に教育を受けられなかった者もいる。字と算術を教えてやってほしい」

「分かった」

「ふもとから石段を上っていって、注連縄《しめなわ》を巻いた高さ一尺の石があったら右の細い道を行ってくれ。『てんぐ屋』と幟《のぼり》を出している茶屋が、われらの寄合所だ」

「注連縄を巻いた高さ一尺の石を右へ。『てんぐ屋』だな」

その日からトキの村の一員になるかもしれない。できるだけ身辺を片付けておいた方が良さそうだ。

「庭まで送ってくれよ。来た時みたいに」

首に腕が巻きつく。また胴を挟みこまれる前に、宗太郎はつばさの両脚を裏側から抱え上げた。

「なぜ、慣れている」

不満そうにつばさが言った。

「ぶらいだるきゃりいなど、どこで覚えたのだ。宗太郎」

「ぶらいだるきゃりい？　何やそれは」

「西洋で、夫が妻を抱き上げるやり方なのだ。どこで覚えたのだ」

「知らんがな。寺子屋で小さい子が具合悪うなったら、こないして運んでたんや」

つばさは、恥じ入るようにうつむいた。

返事を促すために軽く揺すってみる。

「……疑ってすまない」

「ええよ。初の夫婦喧嘩《ふうふげんか》やな」

燭台の灯りを頼りに、二人とも黙って階段を下りた。

庭の石はすでに青みを失って、月が大きく傾いたのを知らせていた。

＊

「丹後屋の息子？　政府の手先になった店ではないか」

目前の茶屋の幟に『てんぐ屋』とあるのを確認した直後、野太い声が飛んできた。

知らない男の声だ。

宗太郎は胸元に手を当てた。首からぶら下げたお守り袋の中に、あの指輪を大事にしまってある。

閉まった引き戸の向こうから、また知らない男の声がした。

「西洋かぶれの何とか局に味方するなら、丹後屋も敵だ」

「まあまあ。ご両親には会ったことはないが、宗太郎どのは普通の青年ですから」

なだめている声は若い。

つばさが『おかしら』と呼んでいた町人風の青年だろう。

「宗太郎はわたしの夫だ。西洋かぶれでもないし、お客人の敵でもない」

この声はすぐに分かる。つばさだ。

つばさが自分をかばってくれている。逃げる道理はない。

「俺が丹後屋の息子や。もう店は無うなるけどな」

自分はここまで肝が太かっただろうか。

腹の底から鉄塊を引き上げるような声で言いながら、引き戸を開けた。

どこにでもあるような平凡な茶屋だ。

畳に卓袱《ちゃぶ》台《だい》が二つ置かれ、人が集っている。

手前の卓袱台には、トキの仲間たちがいた。名前は知らないが、見覚えのある顔だ。

奥の席にはつばさとおかしらがいた。

もう一人髪の長い中年の男がいて、これが「お客人」と呼ばれていた男のようだ。

両親と同じ、四十路半ばくらいだろうか。黒目も白目もぬめりを帯びて、心の内をさらけ出しているかのようだ。

「宗太郎どの。御足労をおかけした」

座敷から土間へ、おかしらが下りてきた。

「お客人は天誅組《てんちゅうぐみ》に加わっておられたのだ。宗太郎どののご本人のことは何もご存じない。お気になさるな」

「宗太郎の素性を知った途端に態度が変わったのだ。気にするな」

おかしらと、続いて土間へ下りてきたつばさの言葉で納得した。

天誅組と言えば、八年ほど前に奈良《なら》で代官所を襲った人々だ。

情勢の変化により支援者を失った天誅組は、脱走者を出しながらも吉野《よしの》地方の山奥を敗走し、幕府軍の銃撃によって全滅した——と和尚から習ったものの、詳しくは知らない。

——黒船と幕府を憎んでいたら幕府が消えて、黒船への憎しみが残ったんやな。

八年が経ち幕府が倒れてもなお、西洋への警戒と怒りは消えていないのだろう。

「な、なぜこんな若造を馬鹿丁寧に遇するのだ」

長髪の男がおかしらとつばさを交互に見る。

手前の卓袱台に集う仲間たちは、不審そうに長髪の男を見ている。宗太郎の素性を聞くまでは真っ当だったのだろう。

「俺は西洋の人や物に対して、さほど言いたいことはない」

宗太郎を睨みながら、長髪の男が「へっ」と小馬鹿にした声を出した。見識が浅いと思ったようだ。

「だが、新しい仕事を始めた役所や両親については、勇ましいと思う」

「勇ましいだと！」

足元で何かが割れる音がした。一瞬目を走らせて、男が盃《さかずき》を土間にたたきつけたのだと気づく。

「貴様などに勇ましさの何が分かる！　銃の弾が飛んできたこともないだろうが！　敵に追われながら水を求めて谷を下ったこともないだろうが！」

顔を近づけて男がわめく。宗太郎は冷めた気持ちで男の首の深い皺《しわ》を見た。

――このおっさん、脛《すね》に疵《きず》持つ身やな。

天誅組は脱走者を出しながら滅びていったという。

つまり生き残ったこの男は、脱走者なのだ。脱走に後ろめたさを感じているから、勇ましさという言葉に反応したのだろう。

――逃げても恥にはならへんのに。和尚様も逃げれば良かったのに。

「人を斬ったこともないだろうが！　お前の体でやってみせようか！　戦ではなあ、ろくに斬れぬなまくら刀であろうと、息の根が止まるまで斬るのだ！」

「お客人、そのへんで」

おかしらが男の腕を引っ張り、つばさが男の耳に右拳をたたきこんだ。

くぐもった声を漏らして男が倒れる。手には、鞘《さや》に納まった小刀を握っていた。

脇の下が冷たい汗で濡れてきた。危ういところだったのだ。

「おかしら。本気でやる気だったようだぞ」

つばさが小刀を見下ろしながら言った。左手にはあの指輪があった。

「二人とも、おおきに。助かったわ」

「命の危機から逃れてすぐに礼が言えるとは、宗太郎どのは肝が太い」

場違いなほど爽やかに笑いながら、おかしらは言った。一方の手でつばさの頭をわしゃわしゃとなでて、まるで子どもを褒めるかのようだ。

「やめろ。夫のいる身に何をする」

つばさに押しのけられて、おかしらは「すまん、すまん」と苦笑した。

「聞いてくれ、おかしら」

自分から押しのけておいて、つばさはおかしらの袖を引っ張った。男女がいちゃつくさまにも見えて、宗太郎は気が気でない。

「待ちなさい、つばさ。ひとまずお客人――お客人だったこの男を縛ってから」

おかしらの言葉を聞いて、仲間たちが「おう」「縛ろう」と声を上げる。

「縛っていずこかの街道脇に捨て置こうぞ」

「そうだ、そうだ。あっ、宗太郎どのは外へ出てなされ。もう何発か殴ってから縛って捨てるゆえ、あまり惨《むご》い有様《ありさま》は見せとうない」

――トキの集団て、思ったより荒っぽいな。

しかし宗太郎は知っている。人間の集団の方がずっと暴力的だ。

「終わったら呼んでや」

背負っていたわずかな荷物も降ろさぬまま、外に出た。茶屋の脇に立てば、木々の間からどこか遠くの集落が見える。人に化けたトキたちは、あの集落にも薬草を売りに行くのだろうか。

さっそく一人の離反者を出してしまったトキたちはどうなるのだろう。

人間の仲間は何人かいるという話だが、自分が彼らとトキとの仲介役を務めることは可能だろうか。

先行きを思案していると、背後で引き戸の開く音がした。

「驚かせてすまなかった。宗太郎」

茶屋から出てきたのはつばさだった。男を一撃で殴り倒したのが嘘のように、しゅんとしている。手には変わらず、白と金と朱鷺色の指輪があった。

「好きや。つばさ」

つばさが足を止めた。

朝霧が晴れるようにゆっくりと笑みを浮かべ、すぐそばに寄ってきた。

「わたしも宗太郎が好きだ。いきなりどうした」

「言うてへんかったなあ、と思うて」

「うん。わたしも言っていなかった。夫婦になって指輪も着けてからとは、順番があべこべだな」

左手を山の空気にかざして、つばさは指輪を見つめている。

その手を捕らえて引き寄せた。もう一方の手をつばさの腰に添えて言う。

「まだ本当には夫婦になってへんよ、俺ら」

つばさの頬が赤い。意味が伝わったのだ。

「ここで昂《たかぶ》るな、宗太郎。まずは落ち着け」

やんわりと宗太郎の腕を押しのけて、つばさは竹でできた水筒を出した。

「おおきに」

今頃になって喉の渇きに気づく。

山を登った直後に修羅場が展開されて、気づく余裕もなかった。

冷えた水は甘露のごとく口に流れこみ、宗太郎は陶然と目を閉じた。

ごくり、と嚥下《えんげ》して唇を舐《な》めた直後、舌に違和感を覚えた。

「砂糖でも入れたんか？　やけに甘いで？」

竹筒を返した。つばさは竹筒に栓をして飲もうとしない。

つばさは泣きそうな顔をして竹筒を握りしめている。

体が内側から熱くなってきた。特に喉が焼けつくように熱い。

——毒か？

薬草売りに携わろうとする連中だ、何がしかの毒を持っていても不思議ではない。

しかしつばさは、殺す相手に「好き」などと言う娘ではない。

「何の薬や？」

目を潤ませたまま、つばさが微笑む。

「西洋のとても強い酒だよ。砂糖で甘くして、渓流の水で冷やして、酒だと分かりにくくしたんだ」

——毒やなかった、やっぱり。

安堵したいところだが、足がふらついてきた。立っていられず敷石に座りこむ。

「目覚めた後はしばらく気分が悪くなるだろうけれど、水や茶を飲んでおとなしくしてれば治る」

「何で飲ませたんや」

——俺を騙《だま》してまで。

つばさが傍らに座り、宗太郎の頭を抱きかかえた。もう抵抗する力も出ない。

「宗太郎。わたしたちは今夜、宗太郎をあの小学校の敷地に置いていく。警固方の誰かに見つけてもらえるように」

何で、と聞く気力も湧かず、つばさの柔らかな胸に額を寄せた。耳をなでられているのが分かる。

「宗太郎の懐に手紙を入れておくよ。内容はこうだ。『われらは愛宕山の天狗なり。この青年を仲間にしようと目論《もくろ》み酒を飲ませて拉致したが、うわごとにて小学校の子どもらを案じる言葉を発したため、粋に感じて解放する。良き訓導となるべし』」

——嘘や。俺はここに来てから小学校のことなんて一度も考えへんかった。

首を左右に振ろうとしたがうまくいかない。

耳をなでる手はいつしか胸に移動していた。

「ああ、感触で分かる。指輪をお守り袋に入れてくれたんだな」

「だ、い、じ」

喉からどうにか出せたのはその三つの音だけだった。本当は「大事なもんやから」

と言いたかったのだが。

「今後の安全のため、人間の仲間は全部見捨てると決まった。われらが愛宕山に新天地を作る計画もなしだ。正体は宗太郎以外には教えなかったが、計画は教えたから」

――明治の世に捨てられて、今度は謎の薬売り集団に捨てられるわけやな。

結局一人にしか会わなかった、仲間になるはずだった人々に宗太郎は同情した。

同情しているのは、自分の先行きにあまり不安がないからだ。

帰れば小学校があり、家がある。

神隠しにあった訓導は怪しまれるかもしれないが、野盗のたぐいにさらわれたと言えば信じてもらえるだろうか。

――やらしいなあ、俺。惚れた女と別れるのに生活の心配して。

笑うべきか、自嘲するべきか。

泣くのもありだと思ったが、伝えたい思いが先に立った。

消える直前の蠟燭を想起しながら気力を振り絞る。

「つばさ。だいじなもん、失《な》くさんとき」

――つばさのだいじなもんが、ずっとあの指輪ならいいな。持っててほしい。

切れ長の目が近づいてくる。

口づけは冷たく心地よかった。しかしまぶたが重くて目が開けられない。意識を失うまで、宗太郎は頬に触れる手と指輪の感触を味わっていた。

＊

明治十年、寺院への迫害が収まった時節に、老いた一人の僧侶が京都市中の小学校を訪れた。

宗太郎なる若い訓導が、木材や紙を用いて教材を作り子どもたちに算術や字を教えていると聞き、かつての教え子ではないかと思い馳《は》せ参《さん》じた――と僧侶は言った。

「せっかくやけど、宗太郎君は寝ついてます」

警固方と呼ばれた頃から小学校内の交番に勤めている巡査は、残念さを声に滲《にじ》ませながら言った。

「怪しげな野盗の群れにさらわれても帰ってきはった、強いお人やけども。どうも最近調子が良うないみたいで」

僧侶の表情が曇る。巡査が「あぁっ」と口を開ける。

「思い出した。宗太郎君のお師匠さんなら、もしや円妙和尚さんやないですか？」

いかにも、と短く答えた円妙に巡査は矢継ぎ早に問いかけた。

「今までどこにいやはったんです。宗太郎君が心配してたの知ってはりますか」

「心配をかけて申し訳ないと思っている。比叡山からいくばくかの経巻と仏像を持ち出し、廃仏の波が穏やかな地を求めて旅していた」

「難儀な。短い間だけ寺子屋に来てたとかいう、宗太郎君と同じ年頃の娘さんも一緒に小学校に来てはりましたで」

「宗太郎が、女人と二人で？」

いかにも意外そうに円妙が聞き、巡査は大きくうなずく。

「ええ、二人っきりで。おなごの方は『宗太郎さんの許嫁』なんて言うてはりましたが、ありゃあ冗談だったんですな。宗太郎君、ずっと女っ気なしで訓導の仕事一筋ですわ。いや、しかし一つおかしなことがある」

巡査は左手の薬指をつついてみせた。

「宗太郎君、野盗から逃げてきて以来、左手薬指の根元に布切れを巻いてはりますねん。油紙を巻いた上から、青い布やったり紺の布やったり、たまに取り替えて」

円妙は自分の左手薬指を見た。

西洋では夫婦となった男女が金属の輪をはめて絆《きずな》の証とするらしいが、この巡査は知らないようだ。

「宗太郎君に『それは何や』と聞いたら『中にお守りが入ってます』と。しかし今思うと、仕事の邪魔やし体に悪いんとちゃうか。和尚さん、お見舞いに行かはったらそのへん指導してやっておくれやす」

宗太郎の両親が営む丹後屋は、数年間だけ京都舎密局に協力した後で小間物屋を再開したのだ、と近況を聞き、円妙は丹後屋へと急いだ。

懐かしい丹後屋の暖簾《のれん》はそのままだったが、出てきた宗太郎の父親はすっかり老けこんでいた。

「あの時の路銀になかなかお礼できず――」

無沙汰を詫びる円妙を、宗太郎の父親はさえぎった。

「宗太郎を知りまへんか。今朝から床におらんのです」

「……交番に届け出は？」

半ば信じられぬ思いで円妙は聞いた。病で伏せっていながらどうやって行方をくらますのか。

「まだ言うてまへん。うちの妻――宗太郎の母が、そのうち帰ってくるに違いない、近所を探してくるからと……」

奥へ通される時、老女の泣く声が聞こえた。うちで長いこと働いてはる人です、と父親は言い、円妙を二階へいざなった。

「十日ほど前から背中に羽根みたいなふわふわした毛が生えて、どの医者に見せたもんか、と言うてるうちに寝ついて――今朝、この有様やった」

奥の部屋の襖が開かれる。

文机の横に布団が敷かれ、掛け布団が大きくめくれていた。帯が結ばれたままの、抜け殻のような脱ぎ方の浴衣も落ちている。

浴衣を中心に散らばるのは、朱鷺色の羽毛であった。

「円妙和尚様。宗太郎は、どういうつもりで出ていったんやろか……」

途方に暮れた顔で父親がつぶやく。

円妙は、かつて文殊菩薩の掛け軸の前に落ちていた一本の羽根を思い出していた。

宗太郎が見たという少女のことも。

先ほど聞いたばかりの、許嫁だと名乗る少女のことも。

布団に近づいてみる。

黒く細長い布切れと、細長く切った油紙が落ちている。その傍らに転がる輪っかは正体がよく分からない。白と朱鷺色と金色の糸を縒り合わせて、表面を糊で固めてあるようだ。

巡査の話を思い出し、円妙はそれをつまみ上げた。

男の薬指にちょうどはまりそうな大きさではある。

「大事な物を置いていったような……。いや、拙僧も事情は知りようがない……」

立ち尽くすばかりの父親を置いて、円妙は階段を下りた。途中で見かけた中庭でも眺めて、気分を落ち着けたかった。

カォウ、カォウ、と鳴く声が円妙を迎える。

中庭の庭石に、二羽のトキが仲睦《なかむつ》まじく並んで止まっていた。

一方のトキは脚の色が薄紅色だ。

そしてもう一方のトキの脚は、珊瑚のごとく濃く美しい赤色だ。

「赤脚。赤脚なのか？」

自分がその名をつけてから十年以上が経つ。

あの個体だという確信はなかったが、思わず円妙は呼んでいた。

カォウ、と返事のように鳴いたのは、脚の赤色が濃い方だった。

もう一方のトキが、愛《いと》おしげに赤脚のからだに擦り寄る。

宗太郎、と円妙が呼んだ直後、二羽のトキはそろって空へ飛び立っていった。

第三話　鬼女の都落ち

ススキの穂が風に揺れる。赤く色づいた山桜の葉が降ってくる。

京の北方を守る鞍馬山《くらまやま》では、秋の深まりが早い。山道を急ぐ仏師《ぶっし》は「そこの若いお坊様」と呼ばれて振り返った。

くたびれた烏帽子《えぼし》をかぶり、腰に革包太刀《かわづつみたち》を佩《は》いた四十過ぎと思《おぼ》しき男がにやにやと笑っている。身分は下級貴族の従者といったところか。鞘も柄《つか》も革で包んだ武骨な革包太刀は、美しさではなく実戦重視の拵《こしら》えだ。少なくとも、身分の高い貴族が持つ代物ではない。

「私は僧ではありません。仏のお姿を彫る仏師です」

やんわりと否定した。青く剃《そ》り上《あ》げた頭が頭巾から覗いているので、僧と思われたのだろう。

「あなや、失礼」

革包太刀の男は、さほど失礼と思っていない風に言った。

「仏師様が毘沙門堂《びしゃもんどう》にお参りして出ていくのを見かけて、追ってまいりました」

毘沙門堂は名前の通り毘沙門天《びしゃもんてん》を祀っており、武運だけでなく福徳をもたらすとされているので参拝する者が多い。

――その中で、私にだけ注目したのは何ゆえか。

警戒心を押し隠して、仏師は「はあ」と気のない返事をした。

「山の日暮れは早いもの。これ以上先へ登るのは明日にして、毘沙門堂に戻って夜をお過ごしなされ」

親切な物言いと、何かを期待するような下卑た笑いがちぐはぐな印象だ。

怪しい。仏師は眉をひそめた。

こちらの方が若く、体格も屈強だ。仏師の家に生まれ、木材と工具を友として育った。遠方の寺院へ出向くため山に入った経験も数知れない。しかし相手は武器を持っている。刺激しない方が良さそうだ。

「お心遣いありがとう存じます。しかしもう少し行けば、観音堂がある。囲炉裏も備えていると聞きますし、そちらで参籠《さんろう》いたします」

神仏に願いをかけて寺社の境内で暮らす行為を参籠という。期間はおおむね三日から七日、人によっては百日もの間、俗世を離れて精進潔斎《しょうじんけっさい》の日々を送る。

「私の脚なら日暮れ前にたどり着きます。では」

遠回しに強さを誇示して離れようとすると「まあまあ」と男は近づいてきた。

「仏師様もご存じの通り、鞍馬山には参籠できるお堂がいくつもある。しかし、毘沙門堂は特別なのでございますよ」

「特別とは？」

興味を惹《ひ》かれて聞いてみたのは、探究心ゆえだ。

先ほど相対した毘沙門天の像は、軍神の名にふさわしい威徳にあふれる姿だった。革包太刀を佩き、戦いを生業としているであろうこの男は、あの毘沙門天を見て並々ならぬ信仰心を呼び起こされたのだろうか。

「見るのが一番でございますよ。さ、さ」

してやったりと言わんばかりの顔で男は手招きをする。

屋根瓦に落ち葉の散らばる門をくぐって、仏師は毘沙門堂の境内に戻った。

「仏師様。あちらに女人二人連れがおりましょう」

毘沙門堂に入るなり、男は身を寄せてきて囁《ささや》いた。濃厚な汗の臭いに仏師は顔をしかめる。

少し離れた所に、衣を頭からかぶった女性が二人座っていた。

一人は萌黄色《もえぎいろ》の衣、もう一人は撫子色《なでしこいろ》の衣をかぶっていて顔が見えない。布地のつやを比べると、萌黄色の方がやや質素だ。貴族の妻とその侍女だろうか。

「女人がおるのは当たり前でしょう。鞍馬山で女人が参籠できるのはこの毘沙門堂までだ。それよりも上に登れるのは男のみ」

「だから、申しておるのです」

男の声に苛立ちが混じる。

「この毘沙門堂が女の見納め。言うなれば、女の寝姿の見納め。あの二人はまだ若く見目麗しく、どうやら連れはおりませぬ」

――汚らわしい。

仏師は呆れていた。同じ堂宇で雑魚寝するのを良いことに、女の寝姿を覗き見し、あわよくば手を出す気だ。

「仏師様。あちらも二人、こちらも二人。わしは撫子色の方をもらいますので、いかがです」

――毘沙門天よ、この男に罰を下したまえ。

呪いの言葉を心にとどろかせながら、仏師は革包太刀の男から離れた。女人に狼藉《ろうぜき》を働く手伝いをせよと言うのか。自分を狙って声をかけてきたのは、若く力のありそうな男だからか。

「どこへ行かれます、仏師様」

大きな声で呼ばれた。女人たちもこちらに気づいたようだ。

「私のこの身は、仏の威徳を形に表すためにある！」

堂内の人々が仏師を見た。革包太刀の男が猿のように歯を剝《む》き出《だ》す。

「青臭い仏師め、天狗に食われろ！」

男が呪詛《じゅそ》の言葉を吐いたが、仏師は（ありそうもない）と思った。鞍馬山に棲み妖術と武術に長《た》けるという天狗が、果たして自分のような取るに足りない若者を餌食にするだろうか。

「仏敵たる天狗に命を狙われるほどの仏師に、なってみたいものです」

作務衣《さむえ》姿《すがた》の僧たちが何人も出てきて、男を囲んだ。

「毘沙門天のお堂で人を呪うとは、けしからん」

「悪《あ》しき心づもりあらば、山を下りてもらおうか」

僧たちが口々に言う。

同じ男から集団で圧力をかけられると弱いらしく、男は「いやいや、ふざけただけで……」などと言い訳をしている。

「皆様、お騒がせいたしました。私はこの先の観音堂へ急ぎます」

ざわつきが収まるのを見届けぬまま、仏師は毘沙門堂を出た。

いくら脚に自信があるとはいえ、無駄に時間を取られていては日が暮れてしまう。

――私は私の彫る仏を見極めねばならぬ。

仏師の行く山道は、木立に陽光を遮られて暗い。深紅の茸《きのこ》が点々と続いている。

＊

鞍馬寺《くらまでら》にて参籠すると仏師が決意したきっかけは、紫式部《むらさきしきぶ》の逸話であった。

紫式部は、少しばかり昔の宮廷で文才を振るった女人である。

中宮彰子《ちゅうぐうしょうし》に仕えていた彼女は、ある時京の宮廷を離れて近江国石山寺《おうみのくにいしやまでら》に参籠した。

その目的は、当時書き綴っていた長大な物語――光る君《ひかるきみ》の物語について新たな着想を得ることであったという。

紫式部が参籠した石山寺は、観音菩薩を本尊とする。

ならば自分も観音菩薩を祀る場所で参籠しよう。

石山寺ではなく、女人が足を踏み入れられぬほど険しい山で足腰を鍛え、感覚を研ぎ澄まし、自分が彫るべき仏の姿を知るのだ。

――と考えたのは、紫式部を羨んでおるからだな。

落ち葉で滑らぬよう気をつけながら、仏師は山道を踏みしめた。

――一つの道へと我が身を投げうちたい。紫式部と呼ばれた女人のように。

その望みのために、自分は一人の少女から離れた。遠縁の娘で、仏師の仕事にも馴染みがあった。仏師の妻となって手伝うと言ってくれた。

――だが、妻を持つとは一つの『囚《とら》われ』ではないか。

自分を慕い、自分の身にも心にも触れようとしてくる美しい娘。それに対し「我が妻よ」と呼びかけ掌中の珠《たま》として受け入れれば、深い執着が自らに生まれるのが予感できた。

「私のこの身は、仏の威徳を形に表すためにある！」

不埒《ふらち》な輩《やから》に放った言葉をもう一度叫んだ。

自分だけでなく、観音堂で待っている菩薩に向けて。霊験あらたかなる鞍馬の山全体に向けて。

さらに進もうとすると、行く手から足音が近づいてきた。

木立のせいで暗く、姿がよく分からない。

パキ、パキ、と小枝を踏み折る音を立てて、それは近づいてくる。

「おや、何事かと思えば若い者が一人で」

現れたのは、形のきっちりした烏帽子をかぶった大柄な男であった。本人もまだ若い。二十二、三歳に見える。

「仏道に勤《いそ》しんでおるのだな」

人懐っこい笑みを浮かべ、大柄な男は一方の手を掲げてみせた。

笹《ささ》の枝に川魚が五、六匹ぶら下がっている。

「この先の観音堂で参籠している倫正《みちまさ》と申す。殺生を見逃してもらえるかな」

「あなたは僧ではないのだから、肉食しようが妻帯しようが障りはないでしょう。それに私は仏師です」

「ああ、それで『仏の威徳を形に表す』と」

仏師は突然羞恥を覚えた。

倫正と名乗るこの男に聞かれ、反芻《はんすう》されると、己の望みが大それたものに思われてくるのだ。

――何かが違う。何か大きな関門を乗り越えたような凄《すご》みがある。

仏師は、父に連れられて修業する中で多くの人に出会った。貴族、僧、自分たちと同じ仏師など様々だったが、凄みを感じさせる人物には共通点があった。立ち居振る舞いに不自然なこわばりがないのだ。

まるで、説話に聞く竜だ。

鯉《こい》は登竜門と呼ばれる難所を越えて竜と化し、しなやかに空を舞うという。今日の前にいる倫正は、何らかの登竜門を越えた者に思えた。

毘沙門堂で揉《も》めた男とは違い、倫正が腰に差しているのは小刀だ。それなのに、こちらに対して鷹揚《おうよう》に構えている。ただ者ではない。

「あなた様は、名のあるお方でしょう」

仏師の言葉に、倫正は「ん？」と意外そうな声を出した。

「なぜそう思うのか分からぬが、ともに魚を焼かぬか。日が暮れる前に」

人好きのする笑顔で倫正は言い、無防備に背を向けた。

ずっしりとした足取りは、歴戦の武人を思わせた。

――隙を見て背中に斬りつけようとしても、避《よ》けられそうだ。

物騒な想像をしながら、仏師は倫正についていった。

＊

ははあ、自らの彫る仏の姿を見つけたい。そのために、慕ってくれる娘と離れて参籠か。若いのに大変な決心をしたものだ。

なぜ首をかしげるのだ、仏師どのは若いではないか。二十一歳は、若い。

おれもそう変わらない、だと？

いやいや、こう見えていい歳《とし》だ。魚、もう一匹どうだ。

そうか、うまいか。血抜きして下ごしらえした甲斐《かい》があった。

……ほうほう。毘沙門堂に女人狙いの不埒な奴が。

なるほどな。参籠する女人は、登れるところまで登ろう、というわけで毘沙門堂に籠もることが多いからな。

おれか？　おれは人の少ないお堂の方が願いを聞いてもらえると思って、より山頂に近いこの観音堂に来たのだ。ははは、ちゃっかり者だとも。

京の人と話せて嬉しい。おれも昔は京にいたのだ。

……ああ、いい香りがするな。京から来て参籠した誰かが、香をたいたのだろう。雅な置き土産というわけだ。

それにしても仏師どのの願い事は尊い。あなたのような方が苦しみに満ちた世で人を救うのだ。

……おれの願い事は、言えぬな。

代わりに京にまつわる物語りをしよう。

紫式部が綴った物語ほど長くはない、華やかでもない。

聞き終える頃には、山登りで昂った気持ちも収まって眠くなるだろうよ。


何年か前の話、としておこう。

帝《みかど》に近い、とある高貴なお方に美しい女が仕えていた。

深い寵愛《ちようあい》と美貌に恵まれて、それはもう妬まれたものだ。光る君の物語で言えば、桐壺更衣《きりつぼのこうい》だな。

それにちなんで、女の名を仮に桐御前《きりごぜん》としよう。

桐御前は周囲の嫉妬と嫌がらせに耐えながらも高貴なお方に仕えていたが、ある日とうとう決定的な出来事が起きた。

桐御前が鬼女《きじよ》であり、夜な夜な通ってくる鬼と情を通じている、と噂が立ったのだ。

……おかしいだろう。御殿の奥に住む女のもとに鬼が通っているというのだ。警護役の目をかいくぐって。だが、ちょうど時期が悪かった。帝のお住まいの周辺で、たびたび人が行方をくらましていたのだ。

高貴なお方は一計を案じた。

桐御前を安全かつ安楽な状態で保護し、なおかつ今後も会えるようにするにはどうしたらいいか。

そう、仏師どのは勘がいい。帝から処分が下る前に、桐御前を都の近くに逃がした。病のため療養、という名目だったかな。

場所は比叡山のふもと、八瀬《やせ》の里だ。

古くから帝にご縁の深い土地でもある。八瀬の民は帝への尊敬が篤《あつ》い。帝の縁者に寵愛される桐御前のことを温かく受け入れた。

高貴なお方に愛されるだけあって、桐御前には和歌の教養があった。読み書きだけでなく和歌を教えたのだ。

桐御前には侍女がついていたが、護衛も一人いた。

格の低い貴族の五男で、腕っぷし以外に大した特技もない。一族のあぶれ者だ。

護衛は桐御前に付き従って京から八瀬へ赴き、そのまま居ついてしまった。都に帰っても面白くない――そして、桐御前に惚れていたからだ。

桐御前が鬼と通じていないことなど、護衛はよく知っていた。京にいた頃から、高貴なお方の御殿と桐御前を守っていたのだから。

叶《かな》わぬ恋に、護衛は一年耐えた。鹿を狩って里人に肉を分け、気を紛らわせた。

しかしある晩、とうとう桐御前の眠る部屋を訪れた。

狼藉を働いたのではない。

ただ、胸の内を告げようとしたのだ。

部屋に入ると、都から持参した几帳《きちょう》が立ててあった。

桐御前がいるつもりで近寄った護衛は、いけないとは思いつつ几帳の奥を覗き見た。

すると、寝床はもぬけの殻だった。

さては野盗のたぐいにさらわれたか——護衛は必死に探した。侍女や八瀬の住人たちに助けを求めることも忘れて、ただ一人、松明《たいまつ》を持って夜の山里をさまよった。

野盗が逃げるなら京ではないか、女の着ていた衣を売るなら京が一番妥当だ、と思った護衛は、川沿いにふもとの方へ下ってみた。

川に出たのは正解だった。

水辺に生々しい血の臭いが漂っていた。

女が死んでいたのではない。

死んでいたのは一頭の鹿だ。鹿を抱きかかえて、引き裂かれた喉にかじりついていたのは、素裸の桐御前だ。木に寝間着が引っかけてあった。

桐御前のもとに通う鬼はいなかったが、鬼女なのは本当だったのだ。

手ぶらだった。桐御前は寝間着一枚で外に出て、自らの膂力《りょりょく》のみで鹿を打ち倒し、隠していた牙で皮と肉を引き裂いたのだ。血で寝間着を汚さぬよう素裸になって。

護衛はどうしたか？

松明を落とさぬよう握り直して、言った。

川で血を洗い流して早く帰りましょう、鹿の死骸は谷に落としましょう、と。

桐御前は驚いていた。

護衛が一人で探しに来たことにも、正体が露見してなお、護衛が自分に味方することにも。

帝の御所の近くで人が行方をくらましていたのは、桐御前の仕業だった。高貴なお方に近づいたのも、人が集まる割に物陰の多い宮中で獲物を狙うためだったらしい。

……あれこれと告白した時点で、桐御前は分かっていたのだろうな。護衛は自分に参っている、と。護衛が念願を果たして桐御前と閨《ねや》をともにしたのはそれから間もなくのことだ。

鬼女だからと言って、見捨てられるものではない。護衛にとっては美しく不憫《ふびん》な女だった。人が食えぬなら鹿を選び、それでも苦しまぬよう一息に殺すと心がけていた。

護衛は、身寄りのない人間を見つけては住《す》み処《か》を鬼女に教えるようになった。山道を行く旅人や杣人《そまびと》も餌食に良かった。

八瀬ではその後、鹿が増えたようだ。

鬼女が人の代わりに食っていたのが止んだからだな。

夫となった男に、鬼女は言った。

人の血肉を求める鬼の身が厭《いと》わしい、と。霞《かすみ》だけ食って暮らせるならどれほど良いか分からない、と。

何年か前の、京と八瀬をめぐる物語だ。

嘘か本当かは仏師どののご想像に任せよう。

*

囲炉裏の火はまだ燃えている。

尾と骨と頭だけになった川魚が、器の上に折り重なっている。

「まるで見てきたように語るのですね」

仏師が感想を述べると、倫正は「語り上手とはそういうものだ」と言った。

「私は少年の頃、八瀬に行ったことがあります」

「ほう、奇遇な」

「八瀬の寺院には優れた観音像が多いので、父に連れられて見に行きました」

「なるほど。比叡山のお膝元ゆえ、だな」

「お姿は大きいが、お顔も体つきも優しげな観音様があちこちにおられました」

語りながら仏師は懐に手を添えた。

そこには数年間の研鑽《けんさん》の成果がほんの一部入っている。

「寺で聞いた話では、都から療養のために逗留《とうりゅう》している女性が、たびたび参拝に来るとのことでした。名は知らぬままですが」

「似たような話があるものだ」

受け答えをしながら、倫正は板敷に蓆《むしろ》を敷いて寝る準備を始めた。

「もしもの話です。その女人が、都落ちした鬼女であったなら。鬼女は、観音様に何を願ったのでしょう」

倫正は答えない。板敷に座って、暗い梁《はり》を見上げている。

「これからも人を食えるように、という願いではないはずです。人々を救う観音様が受け入れるわけがない」

仏を彫る者としての純粋な興味から、仏師は鬼女に思いを馳せる。

「『鬼の身が厭わしい』と言ったのならば、鬼女の願いはもしや、人になることだったかもしれません」

「それだけではない」

倫正が言った。

「己の食った人々が極楽浄土へ行けますように、と観音に願っていた」

「やはりあの話は本当の」

みなまで言ういとまはなかった。床に引きずり倒されて息が詰まった。

「本当の話と感じたならば、早々に逃げれば良かったものを」

倫正が伸《の》し掛《か》かり、見下ろしている。

この人が鬼女の夫なのだ、それにしては人懐っこい雰囲気だったな、と仏師は頭の片隅で思った。

「私は今から桐御前に食われるのでしょうか」

観音菩薩に救いを求めた鬼女に食われるのも仏との縁だが、道半ばで斃《たお》れるのはたまらない。

「いいや。我が妻は毘沙門堂にいる」

「……この観音堂のどこかに潜んでいるのではなく?」

「女二人が狙われていたと言ったな。撫子色の衣をかぶった女が、我が妻だ」

倫正が小刀を抜いた。

腹に突き立てられた切っ先が、布地を裂きながら逸《そ》れる。

指先に載るほどの小さな手や足や頭が板敷に散らばって、ザラザラと音を立てた。

それらは仏師が部分ごとに試作してきた様々な仏であった。

足釧《そくせん》をつけた観音菩薩の足、薬壺《やっこ》を持った薬師《やくし》如来《にょらい》の手、丸い地蔵菩薩の頭。いずれも木でできた小片だ。

「妻が人になれないならば、こうするまでだ。おれは妻と同じ、人を食う鬼になる」

「わ、私は仏を彫るのだ」

「おう。尊い志だとも。仏師どののような気高い人間を食えば、おれも妻と同じ地獄へ行けるだろう」

散った仏の小片をさらにまき散らしながら、二人は床を転がった。どちらかの手が囲炉裏に触れたか、灰が飛び散って互いの顔にかかる。

倫正が咳《せ》きこんだ隙に、仏師は腕を振り回した。当たり所が良かったか、倫正が小刀を取り落とす。それでも倫正は伸し掛かってくる。

「鬼女は、あなたの愛しい女は、人であるあなたを乞い求めたのではないか！　私が恋を棄《す》てて仏を彫るように、鬼女は、あなたを食いたい欲を棄ててあなたとともにいるのではないか！」

倫正の腕の力がわずかに緩む。仏師はなおも言葉を継ぐ。

「鬼女は『鬼の身が厭わしい』と言った。だが、夫に向かって人を食えとは言っていないでしょう。自分と同じ苦しみを味わえとは、言っていないはずだ」

「なぜそう思う」

「……そういう女性だから、あなたは人の肉まで食おうとするのでしょう」

倫正が体の上から退《ど》いた。

打ち身の痛みを堪《こら》えながら、仏師は起き上がる。

倫正が大きな声で笑いだしたので、気圧《けお》されてじりじりと後ずさった。

「仏師どの。食われようという時に、まったく慈悲深い」

「慈悲ではありません。わけも分からず殺されて食われるのは納得がいかない」

はっはっ、と倫正は身を折って笑う。

別の棟にいる僧たちが不審に思って集まってきそうな大声だ。

倫正は小刀を拾い上げ、板敷に突き立てた。

「どこかへ行け。おれが毒気を抜かれているうちに」

仏師は自分の荷物を引《ひ》っ摑《つか》み、草鞋《わらじ》を履く手ももどかしく観音堂を出た。命の危機なのだから裸足《はだし》で飛び出せばよかったのでは——と気づいたのは、月明かりを頼りに別棟にたどり着いてからだ。

「夜更けに何をしておる。こちらは僧たちの詰め所で、参籠するお堂はあちらだ」

白頭巾で顔を隠した僧兵が、薙刀《なぎなた》を仏師に向けた。

ひっ、と今になって悲鳴が出る。

「一緒に参籠していた御仁が乱心したのです。ご覧ください」

小刀で裂かれた腹の布地を見せた。

引っ張った拍子に、まだ残っていた観音の手がぽろりとこぼれる。

「おっと」

地に落ちる前に危うく受け止めた仏師に、僧兵が「それは？」と尋ねた。

「私は京で修業する仏師なのです。これは練習のため小さく彫った観音様の手で……。

他にも似たような物をお守り代わりに懐へ入れていましたが、腹のあたりを切られた
時にこぼれてしまいました」

「仏が身代わりとなられたか」

僧兵に言われて、ようやく気づいた。腹に仏像の小片たちを入れていなかったら、
今頃自分の腹は裂かれ、臓物を倫正に食われていたかもしれない。

「仏師どの、今夜は僧の詰め所で休みなされ。乱心した者は？」

「まだ観音堂にいるようです。どうか、どうか手荒な真似《まね》は、なさらぬようお願いいたします」

「甘いことを言うでない。者ども、出会え！　観音堂で乱暴を働いた者がおるぞ」

僧兵が闇に向かって呼びかけると、同じ格好の僧兵が七、八人姿を現した。

仏師は鬼女が正体を現すのを恐れた。

――夫を守るため、鬼女が牙を剝くのではないか。

鬼女の怒りに触れれば、僧俗合わせてどれだけの犠牲者が出るか分からない。

観音堂へ向かう僧兵たちを見送りながら、仏師は不吉な予感に震えていた。

＊

倫正は夜の山道を駆け下りる。

行く先は毘沙門堂だ。妻が侍女を連れて参籠している。

――侍女ではなく妻を狙ってくれて良かった。腹は立つが。

侍女は京からついてきた少女で、自分の女主人を「悪い噂で追い出された可哀想なお方」と信じている。そんな侍女が不埒者に襲われたら、妻は必ず助けるだろう。その際、侍女は異常に気づくかもしれない。自分の女主人がなぜ大の男を撃退する力を持っているのか、と。

木々の間から差しこむ月光に、深紅の茸が照らされている。点々と生えるさまは血痕を思わせた。

「倫正や」

何度も聞いてきた愛しい声が呼んだ。

撫子色の衣をかぶった、小柄な姿が山道を登ってくる。

かすかに漂ってくるのは血の臭いと、妻のそれとは違う濃厚な汗の臭いだ。

――他の男の臭いをさせている。

思った通り、妻は不埒者を返り討ちにしたようだ。

「食えなかったのだね。倫正」

女は安堵しているようだった。唇の端についた赤黒いものを舌で舐め取っている。

「……仕留め損ねた」

「無理をおしでない」

「若く青臭い仏師だった。青臭すぎて毒気を抜かれた」

「ああ、あの。毘沙門堂で騒ぎを聞いた」

袖で口元を隠して鬼女は笑った。

「我らへの狼藉の片棒を担げと言われて、怒っていたお人だ。『天狗に食われろ』と呪詛されていたけれど、食われたのは呪詛した方であったな」

鬼女が口元を見せる。赤黒い血はすでに舌で拭われていた。

「革包太刀の男、と仏師から聞いた」

「わらわの衣を剝ごうとしたよ。一息で喉を潰してやった」

「苦しんで死ぬべきだが」

「そうも行くまい。周りには他の参籠者も寝ておった」

倫正は「うむ」と一応納得してみせた。不埒者への憤りが収まるには時間がかかりそうだ。

山の上から怒声が聞こえた。十人ではきかぬ数だ。

「僧兵どもが騒いでおるな、倫正。『探せ』とか『灯りを増やせ』とか言っておる」

「仏師が知らせたか」

「さあ倫正。毘沙門堂へ戻ろう」

鬼女は撫子色の衣をそっと持ち上げる。一緒にかぶって身を隠そうとするように。

「食い残しは捨てておいた。わらわの可愛い侍女は眠っている。早く戻ってそばで眠ってあげようね」

「おれを責めぬのか」

「なぜ責められると思う」

「仏師を取り逃がした」

「だから早く毘沙門堂に戻ろう。見捨てられたとはいえ、わらわは尊いお方の女。どうとでも庇《かば》ってやれる」

倫正は撫子色の衣をしっかりと鬼女にかぶせてやり、並んで山を下りはじめた。

「それにおれは、お前と同じになり損ねた」

「人である倫正だ。わらわがそばに置くのは」

仏師と同じことを鬼女は言った。

「人を食おうなどと、二度と試みるな」

「約束はできかねる」

「鬼が二人になっては、わらわの食べる分が減る」

冗談めかして言う鬼女の背に、倫正は手を添えた。

＊

筆を動かし仏を描く。

紙の上に現れるのは観音菩薩だ。顔も肩の線もまろやかで、背が高い。

鞍馬山で相対したばかりの威徳あふれる毘沙門天よりも、何年も前に八瀬でまみえた観音菩薩たちが仏師の心を占めていた。

――命を助けてくれたのは観音菩薩だけではないのだが。

腹のあたりに手をやって、縫い目の感触を確かめる。鞍馬山から下りて家に戻ったら、両親に「さっさと格好を整えろ」と言われて自分で繕ったのだ。

――参籠途中で帰ったのに、心配もしないとは。

縫い目はかなり粗い。殺されかけた翌日でまだ気が動転していたからだろう。

僧兵たちの捜索は翌朝も続いたが、倫正は見つからなかった。一人で毘沙門堂まで下りてみると、革包太刀の男も、撫子色や萌黄色の衣をかぶった女もいなかった。

――犠牲者が出なかったのなら、良いことだ。

ただ、また八瀬へ行く用事ができたら怖いな、と思う。

「高慶《こうけい》。こーうけーい」

作業場にお陽《よう》が入ってきた。何でもない風を装っている声だ。

若い仏師は——高慶は筆を置いた。

「鞍馬山での参籠、一晩で帰ってきたって？」

「悟るところがあったのだ。だからこうして観音像の下絵を描いている」

半分は嘘だ。

命を狙われて魂消《たまげ》た勢いで山を下り、家に帰って破れた着物を繕った頃に浮かんできたのだ。今描いているような、おおらかな八瀬の観音像の姿が。

「着物の腹、皺くちゃじゃないか。仏師なのにそんな雑な縫い目で大丈夫なの」

いやな言い方だ。

「意趣返しか、お陽」

「なーんの？」

やたら間延びした声でお陽は返してきた。

「何も言わずに鞍馬山へ行ったことの、だ」

「ああうん、そうだね。女が将来の話をしてるのに体に触れもしないで無視して、親にだけ言って鞍馬山に参籠した件ね」

ちくちくと針のようにお陽の言葉が刺さる。貴族の女人はこんな口の利き方をしないに違いない。

「無事に帰ってきて良かった」

邪魔にならない位置にお陽が座った。幼い頃から出入りしているだけあって、間合いがよく分かっている。お陽の言葉にくるまれて心が緩むのを感じた。

――執着せずにいるなど無理だ。

近くにお陽の気配を感じながら、高慶は描きかけの観音像を睨んでいる。それはある種の対話だった。

――自分も人を食って鬼になろうとするほどの執着。同じ人の身ならば、おれにもあるかもしれぬ。

倫正から聞いた、八瀬に都落ちした鬼女の話を思い出す。鬼女は、人になること、自分の食った人間たちが極楽往生することを願ったという。

「おれはお陽に執着しながら、仏を彫れるかな」

「はあ？」

水たまりで滑った子犬のように、お陽は甲高い声を出した。まるで悲鳴だ。

「そこまで嫌われているとは思わなんだ」

「嫌いなんて言ってない！」

紙や筆が吹き飛びそうな怒声だ。

「急にいなくなったくせに、執着？　何ごと？」

困惑しているお陽が面白くて、高慶は笑った。

「おれは観音菩薩を彫るよ。執着を捨てられないおれが、執着を捨てられない人たちのために彫る。それが今できる一番の修業だから」

「なら、見ているけどさ」

墨とは違う甘い匂いがする。

お陽が近くに座り、描きかけの観音菩薩を見ている。

「観音様ってさ、優しいお顔だよね。人間に色々お願いされて、極楽浄土から人間の汚いところをいっぱい見て、うんざりしてそうなのにさ」

「静かだな。水面《みなも》を見るような顔だ」

鬼女は、観音菩薩の静かな面差しに憧れを抱いたのかもしれない。八瀬に行くのは恐ろしいが、高慶はあの二人の消息を知りたく思った。

第四話　典医の女房

鳴き始めたばかりで拙い、しかし晴れやかなウグイスの声に、義伯《ぎはく》はつい書物から顔を上げた。

格子窓から差しこむ春の陽光に、若々しい顔がふっとゆるむ。

春は浅く、里に下りてきたばかりのウグイスの鳴き声は、まだぎこちない。義伯は「自分の方が上手《うま》い」と言わんばかりに、口笛で鳴き声をまねてみせた。稚気に満ちた楽しそうな顔は、とても大名お付きの典医とは思われない。髷を結った髪は黒くつややかで、頰のあたりにまだ少年らしさの名残がある。

口笛に奮起したわけでもあるまいが、鳴き声はだんだんなめらかになってきた。静かだ。義伯はうっとりと聴き入った。

天文《てんぶん》二年、西暦にして一五三三年。この筒井《つつい》の里を含む大和《やまと》一帯は、大寺院興福寺《こうふくじ》の支配下にあった。義伯の仕える筒井順興《じゅんこう》は武将であると同時に、僧として興福寺に所属している衆徒《しゅと》である。

大和土着の有力武将は、筒井家のような『衆徒』と、越智《おち》家などの『国民《こくみん》』のふたつに分けられる。衆徒は僧兵の中でも棟梁格《とうりょうかく》の者どもであり、髪を剃り上げた法体《ほったい》である。対して国民は、春日社《かすがしゃ》の警備などを任されている俗人であり、髪は剃らない。春日社の神事を司るのは興福寺であったから、国民もまた興福寺に従属しているようなものだ。

大和一帯には数多くの城が点在し、その中心たる南都《なんと》に興福寺と春日社が君臨している。この時代、大和一国を領する大名は存在せず、他国への侵略をたくらむ武将もない。小競り合いは絶えないものの、大和の国は奇妙な均衡の上に成り立っていた。

もっとも前年夏には河内《かわち》から侵入した一向一揆《いっこういっき》により、多くの死者が出ている。義伯も主君に付き従って、血なまぐさい戦場を往来せねばならなかった。

――ともかく、この頃は平和だ。春の宵は値千金、という詩があったが、昼もなかなか心地よい。

義伯は書物から完全に意識を離し、うんと伸びをした。あたたかな日の光にまぎれて、どこからか花の香りもかすかに漂ってくる。

――狭霧《さぎり》も、いればよかったのに。

八歳年下の妻のことを思っていると、砂を踏みしめる複数の足音が近づいてきた。

格子窓から外をのぞくと、輿《こし》を担いだ人足をひきいて、羽織姿の老人が道を歩いてくる。

城からの使いだ。おやかた様に、何かあったか。

義伯は、さっと表情を引き締める。

筒井城六代城主・順興は頼もしい首領だが、時おり腹を下す。不意の戦闘で、順興や側近が傷を負うこともある。その度にこうして、筒井集落の外れにある義伯の家に使いが来るのだった。

いつもの腹下しなら、まず心配いらない。側付《そばづ》きの女房にでも常備薬を煎じさせて、とっくに飲んでいるだろう。自分が参上してからできることは、まず脈と舌を診て、次に腹に手を添えて温度や感触を調べて、必要なら灸《きゅう》を用いて……。

座敷から立ち上がって土間へ降りるまでに、診療の手順が次々と思い浮かんだ。草履をつっかけて庭を横切り、築地塀《ついじべい》まで使者たちを迎えに出る。挨拶もそこそこに聞いた。

「おやかた様に何か？」

白髪の使者は、顔色まで蒼白《そうはく》にしていた。

「息が切れて苦しんでおられる。ずっと胸を押さえてな。典医どの、早く輿に乗ってくだされ」

「すぐ薬をそろえてまいります、お待ちを」

屋内へ戻りながら、義伯は眉間に皺を寄せた。

三年以上前から順興を診ているが、胸の病で苦しんだことはないはずだ。持病ではない、突発的な症状。ならば、『あれ』の可能性が高い。

「狭霧を呼んだ方が良いかもしれん」

薬の入った布袋を腰に括り付けながら、義伯はつぶやいた。

妻の狭霧は、あいにく朝から山へ薬草取りに出ている。

しかし悪くしているのが心の臓なら、一刻の猶予もない。とにかく自分だけでも順輿のもとへ向かわねばならない。急いで裏庭に回った。

裏庭では、恰幅《かっぷく》の良い子守り女が幼子を背負ってあやしている。背負われてほわほわと笑っているのは、義伯と狭霧の息子だ。強くあるよう、『鷲王《わしおう》』と名づけられた。

「あれ、旦那さま血相変えて」

おどろく子守り女の背で、鷲王がきゃっきゃとはしゃぐ。

「城へ行く。狭霧が帰ってきたら来るよう伝えてくれ」

せわしない口調で言い置くと、子守り女は体格にふさわしい声で「はいよ、お気をつけて！」と笑顔を見せた。

道具箱を抱えて家を出ようとすると、馬のいななきが鼓膜を打った。柑子《こうじ》畑《ばたけ》の角を曲がって、栗毛《くりげ》の馬が駆けてくるところだった。

「狭霧！」

馬上で揺れる花色の小袖と、豊かな黒髪をみとめて義伯が呼ぶ。

呼ばれた女は、愛らしい笑みを浮かべながら馬を近づけてくる。

「おお、女房どのではないか」

主君の危機をいっとき忘れたかのように、使者が目じりを下げた。好色というよりは、末の娘を愛《め》でるような視線である。

家の前まで来ると狭霧は慣れた様子で手綱を操り、馬を止めた。括り袴と脚絆《きゃはん》につつまれた脚をひゅんと舞わせて、軽わざのように降り立った。義伯に少年の名残があるならば、こちらは少女のようだ。大きな黒い瞳のふちが、ほんのりと蒼《あお》い。

「お前さま、おやかた様があぶないのですか」

使者と夫の顔を見比べると、狭霧はすぐに合点した。

「馬をお使いくださ い。わたしはこの輿に乗せてもらって、後から参ります」

「おれは、馬は苦手だよ」

ふたりが馬を買ったのはごく最近だ。なぜ狭霧があのように巧みに乗りこなせるのか、義伯は不思議でならない。

輿担ぎの男たちから、笑い声が漏れた。名医とはいえ、戦国の世に生まれた男が馬が苦手とは……という笑いである。

それを無視して、狭霧はきっぱりと言う。

「急ぎですもの、仕方ありません。ここからお城まではずっと平地ですから、大丈夫」

大丈夫、という言葉に励まされて義伯が鞍《くら》にまたがると、狭霧は馬の鼻づらをやさしく撫《な》でた。他の者には聞こえないほどのかすかな声で、なにごとかを語りかける。つややかな唇がひらいてはとじるのを見て、輿担ぎの男たちがごくりとつばを飲みこむ。馬は何を聞いたのか、太く短い息を吐いた。

「えい！」

狭霧に尻をはたかれ、馬は勢いよく走り出した。通りすがりの農夫や子どもたちをうまくよけて、曲がり角の多い筒井集落を、城に向かって風のように駆けて行く。

勝手に城を目指してゆく馬と激しい振動に、義伯は戸惑い目を白黒させた。さいわい馬が速すぎて、誰にもその表情を見られることはなかった。

「さ、わたしたちも参りましょう」

夫の残した道具箱を抱え、狭霧はにっこりと使者に笑いかけた。

「狭霧どの、あの馬に何と言ったんだね？」

使者が聞くと、狭霧は輿に乗りこみながら答えた。

「『お前は里で一番いい馬だから、すぐにお城に着けるね』と言っただけでございますよ」

使者は首をかしげた。「どうどう」などの掛け声ならともかく、そんな複雑な言葉が馬に通じるものだろうか？

姿の美しさ以上に、不思議な雰囲気の女だ。義伯どのと一緒に興福寺の門前町で育ったという。ああして馬を自在に操るのも、観音様の功徳力か。

輿の脇に付いて早歩きしながら、使者は考えた。

聞くところによればこの女房どの、ある時酔っ払った武人からたわむれに太刀を手渡されたが、涼しい顔で抜き身を縦横に振るってみせたらしい。武術を習ったわけでもないのに、その動きには無駄がなく、流れるようだったという。典医である義伯の助手として立ち働いているのも、女としては珍しい。

――あるいは物《も》の怪《け》のたぐいかもしれぬ。

しかし彼にしてみれば、義伯夫婦が主君の病を治してさえくれれば、特にうるさく言うつもりもないのだった。物の怪ならば、春日社の東から東大寺《とうだいじ》の北にかけてひろがる春日山《かすがやま》に、善きもの悪しきものが渾然《こんぜん》とひしめいているというではないか。

――たとえ物の怪であろうと、おやかた様の助けになるなら善き物の怪だろうて。

つねに能吏でありたい彼は、そう思うことにしている。

馬を降りた義伯は、ただちに主君にまみえた。横たわる順興の脈は速く激しく、呼吸は浅かった。やはり今までにない症状だった。五十歳という年齢も、気がかりである。

僧兵の元締めらしく剃り上げた頭も、筋肉で張りつめた肢体も汗に濡れている。難治を示す視線の固定や失禁、指先の黒変などは見られないが、だからといって安心はできない。

義伯は主君のまぶたを引っくり返し、腹の固さと温度を診た。何らかの邪気によって、心の臓の働きが乱されている。しかし義伯に診ることができるのはここまでだ。

興福寺の僧医であった父に教わって、診立ても調剤も心得ている。この場合、強心薬の白附子《びゃくぶし》が適応である。心の臓の働きを急速に強めることによって、邪気を払えるだろう。しかし、効き目と同じく毒性も強い。患者である順興自身の回復力が弱っていれば、却《かえ》って危険だ。

――白附子を使うのは、賭けだ。弱りすぎた体には、毒になる。

狭霧を待つか、待たずに強心薬を使うか。義伯が迷った時、襖の外の廊下をぱたぱたと、小走りに近づいてくる足音が聞こえた。

「お待たせいたしました」

襖がひらいて狭霧が姿を現した時、義伯はそっと安堵の息をついた。

「狭霧、たのむ」

義伯は妻の耳にささやくと、順興に掛けられた夜着をめくってみせた。義伯や小姓たちから見れば、そこにはぜいぜいと上下する厚い胸板があるだけである。

しかし狭霧の目は、わだかまる黒い蛇をとらえた。蛇の周囲には、小さな人影がかげろうのようにいくつも揺らめいている。狭霧は、その人影に見覚えがあった。

「お胸に灸を」

狭霧がささやき、義伯はうなずいた。妻が主君の胸元に何か禍々《まがまが》しいものを見た、いま彼に分かるのはそれだけだった。

「直接胸を熱しては、心の臓に良くない。狭霧、灸さじを出してくれ」

灸さじとは義伯の仕事道具のひとつで、柄の細長いさじである。一見なんの変哲もない品だが、刀鍛冶に特別に注文して作らせたものだ。治療に用いやすいよう、形や柄の長さが慎重に設計されている。

蓬《よもぎ》の加工品であるもぐさを、人体の各所にある経穴《けいけつ》に盛って燃焼させるのが本来の灸療治だが、その熱さは大の男が歯を食いしばってうなるほどだ。病状によっては、熱い灸が却ってひどい負担になる。白附子と同じことだ。そこで、負担にならない程度に経穴を熱する必要が出てくる。

興福寺の僧医たちが考案し、義伯が形状に改良を加えたのがこの素朴な医療具だった。もぐさをさじにのせ、肌から一寸ほど離して円を描くように動かす。肌がほんのりと紅《あか》く染まれば、効いた証拠である。

しかしこの場合、灸は物の怪を焼くために使われる。順興のゆるしを得て、灸さじは医者の義伯ではなく狭霧が持つことになった。

「かまわんさ。……美しい女に療治、された、方が……わしには、効く」

「おたわむれを。典医の立場がございませぬ」

答えながら、義伯はわずかに苦笑した。二十年前、まだ赤子だった狭霧を拾ったのは、若い頃の順興である。彼は時々こうやって、捨て子であった過去に触れないようにしながら狭霧を褒めるのだった。

しかし、この豪胆さはどうであろう。義伯は主君に対してあらためて畏怖と敬意を抱いた。修業時代、父にともなわれて数多くの患者を診てきたが、思いがけぬ病苦に身も世もなく動揺し、我を失う者は多い。意気消沈して口がきけなくなる者もいる。武勇を誇る僧兵でも同じことだ。

だが今、順興は軽口すら叩《たた》き、浅く苦しげな呼吸を繰り返しながらも狭霧と義伯の手もとを冷静に注視している。生か、あるいは死か、己の命運を臆せず見届けるかのように。

声には出さず唇の動きだけで義伯が励ますと、通じたらしく狭霧はかすかにうなずいた。

――しっかりな、狭霧。

皿に盛ったもぐさに義伯が火打ち石で着火し、狭霧が灸さじで慎重にすくいとった。柄は熱くなるので、布でくるんである。

朱に燃える灸が触れると、黒い蛇は身をよじり、人間そっくりの呻《うめ》き声《ごえ》を上げた。その声も姿も、義伯には分からない。だが、狭霧が迷いのない手つきで灸さじを操るのを見て、うまくいっているのだと確信した。順興は、やはり冷徹すぎるほどの眼差《まなざ》しで狭霧を見つめている。

狭霧が器用に灸さじを動かすたびに蛇はうねり、苦悶《くもん》の声を上げた。義伯が経穴の位置を知っているのと同じく、狭霧にも物の怪の急所が分かっていた。しかしそれは、義伯のように学習して身につけたものではない。ただ、狭霧には感じ取れるのだった。

蛇の動きはしだいに鈍《のろ》くなっていき、その姿は人影とともに薄れていった。

蛇も人影も塵《ちり》となって消えた時、狭霧は夫の肘をつついて合図した。ちょうど順興の胸も程よくあたためられ、血色が良くなっていた。

効き目の穏やかな薬草を袋から選び出しながら、義伯は「いかがでございますか？」と尋ねた。

「……うむ。急に楽になってきおった」

順興は頭をもたげ、みずからの胸もとをまじまじと見つめると、落ち着いた表情で答えた。脈は少し速いものの、順興の呼吸も顔色も、すっかり正常に戻っていた。

「いつもながら、不思議よのう。そなたが薬と道具箱を持って現れれば、腹の患いも胸の患いもぴたりと癒える。最初会った頃など、血みどろの刀傷を平然と縫ってみせたな。おとなしそうだが、胆力のある奴と思ったものよ」

一命を取り留めた安心からか、順興はにわかに饒舌《じょうぜつ》になった。

「血など、見慣れておりましたから」

「いや、そういうことではない。あの時、わしは脇腹に深手を負っていた。もし手当てを仕損じてわしを死なせておれば、そなたも命がなかったところだ。胆力とはそのことだ」

義伯は照れたように、頭を掻いた。

「……あの時は、お助けしようと思うばかりで、ひたすら夢中でございました。自分の命が危ないかもしれんと思い至ったのは、傷を縫い終えて薬もつけて、道具を片付ける段になってからで」

「はは。どうりで針使いがあざやかだった」

ひとしきり笑ったあと、主従二人の眼差しが、過去を追憶するしんみりしたものになる。狭霧は『胆力のある奴』という順興の言葉を、さっき義伯を笑った男たちに聞かせてやりたいと思った。

「いっとき良くなったといっても養生が大事でございますから、お薬は当分欠かさぬよう」

義伯は主君に噛《か》んで含めるように言った。

ふたりで家に戻った後、夜が更けても使者が来ることはなかった。ならば、順興の容態は安定しているのだろう。義伯と狭霧は、安心して夜具を敷いた。

「狭霧。今日は、蛇を見たと言ったな」

暗闇の中で髪を撫でると、狭霧はうっとりした声で「はい」と答えた。

「それはいったい何だ？　えたいの知れぬ物の怪、としかおれには分からん」

この女房が、病人にまつわりつく妖しい物を見たのは初めてではない。

義伯が狭霧と夫婦になって以来、幾度もあのような、化け物退治めいた治療をした。

狭霧が見る物の怪はさまざまであった。

ある時、順興の重用する竹内某《たけうちなにがし》という男が、泥水を吐く奇病にかかった。

義伯にともなわれて竹内の屋敷を訪れた狭霧は、突然「お庭を見とうございます」と言い出した。庭園のすぐ裏には雑木林があり、踏み込んでみると古い土地神の祠《ほこら》が打ち棄てられていた。朽ちた祠から汚水がしたたり落ち、小川よりも細い流れとなって竹内家の庭に入りこんでいた。よく見れば、黒ずんだ汚水の中にはおびただしい数の小さなヒルがざわざわと蠢《うごめ》いていた。それは、狭霧にだけ見えた。「竹内様の吐いたものにも、ヒルがびっしりと……」という狭霧の言葉に義伯は思わず「えっ」と叫び、汚水を採取した小皿をあやうく取り落としそうになった。

またある時、順興の正室が隠しどころの腫れ物に悩んでいた。同じ女性ということで狭霧が枕もとに呼ばれた。見れば、正室の枕には子猿ほどの大きさの老婆がしがみついていた。

それら物の怪を、どうすれば取り除くことができるのか。狭霧はいつも直観的に、そしていとも簡単に正解を導き出した。

祠から流れる汚水とヒルは、周囲を清めて春日社の神官を呼び、簡単な祭祀《さいし》を執り行うと消えた。

何者かの亡魂と思われる老婆は、枕ごと焼いた。

「火に放りこんだりして、大丈夫か。恨んで、こちらに祟《たた》ったりはしないか」

心配した義伯に狭霧は、

「それほどの力はありませんよ」

と、こともなげに答えた。実際、祟りらしいことは何も起こらなかった。狭霧によると、老婆は枕にしがみついたままあっけなく燃えていったという。

物の怪が取り除かれると、病人はゆっくりと癒えた。義伯は彼らに、気分よく眠れる薬や毒消しの薬を処方したが、狭霧がいなくては治らなかったと、今でも思っている。

狭霧は、額を撫でられながら夫に答えた。

「お前さま。何日か前、ならず者が里に入ってきましたね」

「うむ。言葉の訛《なま》りや持ち物からすると、はるばる鎮西《ちんぜい》から流れ流れて、この大和に来たらしい。皆、おやかた様の手勢に討たれたが」

土塁と堀をこえて攻めこんできたわずか数人の男たちは、穀物倉を襲おうとして殺された。全員、刀はあっても身なりはぼろぼろで痩せ細り、よほど腹が減っていたと見えた。怪我人の手当てと、死人の検視をしたのは義伯と狭霧である。

「あの黒蛇は、たぶん……彼らの、怒りと憎しみ」

狭霧は、殺された男たちの姿を思い出しながら言った。垢《あか》と土ぼこりにまみれた体、突き立った無骨な槍《やり》、そこから流れる血だけがあざやかで、美しいと言ってもよかった。

「自分を殺した人たちへの憎しみ。その主君であるおやかた様への憎しみ。鎮西からの苦しい旅と、その理由への怒り。……どんな理由かは、わたしも想像するしかないのですけれど」

蛇のまわりに揺らめいていたのは、彼ら侵入者の死骸だった。表情のない死骸の群れ、しかしそこにこもっていたのは間違いなく、強い怨念だった。

「怒りと憎しみが、蛇の形をした物の怪となって、おやかた様のお体をさいなんでいたのですよ」

撫で続ける義伯の手に、狭霧は猫のように額をこすりつけた。

「狭霧の目は仏様の目だな。おれが父から受け継いだ診立てや調剤は、しょせん凡人の業かもしれん」

闇の中で義伯が苦笑して、狭霧はそれを気弱な声音だと思った。

お前さま、と狭霧は声を強めた。

「ずっと前に、言ったはずです。わたしが物の怪を見つけ、焼くことができたとしても、病はお前さまが治すのです。だから」

そこまで言って、狭霧は言葉に詰まった。義伯が必要だと伝えようとして、うまく言葉を選べなかった。

黙っていると、義伯の腕がするりと狭霧を引き寄せた。

「おれと狭霧は、荷車の両輪のようなものだな」

義伯の声は、眠たそうではあったが弱くはなかった。

「狭霧が物の怪を見つけ出し、おれは、病で傷んだ体を治してやる。両方そろわねば、病者は健やかにならんのだ」

はい、とつぶやいて狭霧は義伯に身を寄せた。我が意を得たり、という気がした。

「だが、おれは寂しいよ。狭霧」

「なぜです」

「おれが八つの時、赤ん坊のお前が拾われてきて、ずっと一緒に育った。なのに、そういう見鬼《けんき》の才があるとお前が打ち明けてくれたのは、十六になってからやっとじゃないか」

ふたりが夫婦になったのは四年前、義伯が二十四、狭霧が十六の時だった。

「ひとりだけ、見える物が異なるのは、苦しくはないか」

義伯の大きな両手が、狭霧の背中を包みこむように動いた。

「ずっと、おれに気を許さず黙っていたのかと。寂しい」

狭霧は、軽く息を呑んだ。義伯が「寂しい」という言葉を使うのを、はじめて聞いた。

——そのようなことを、思っていたのですか。

そう言おうとしたが、義伯はすでに眠りこんでいた。

隣では鶩王が、小さくやすらかな寝息を立てている。通った鼻筋は義伯に、肌の白さは狭霧に似ている。

狭霧は、自身の子ども時代を思い返した。義伯の妹として、興福寺の門前町で暮らしていた頃。物の怪が見えても、じっと隠していた頃だ。

その晩、幼い狭霧はやわらかな夜具の中で目を覚ました。

どこかに灯明がともっているのか、天井の木目がほんのりと見えた。

こほっ。こほこほっ。けほっ。

夜具の中で体を丸めて、狭霧は立て続けに咳《せき》をした。

眠る時は何ともなかったのに、のどの奥が痛んだ。

けらけら、とかすかな笑い声がした。寝衣の肩に一匹のトカゲがへばりついて、狭霧が咳きこむたびにけらけら、けらけらと笑う。

笑い声を発しているのは、髪を振り乱した人間の頭だった。人の顔をした、人の声で笑うトカゲ。生き物ではない生き物。

——ああ、わたしにしか見えないものだ。

そう気づいて、狭霧は自分の肩から目をそらす。

こほっ！　けほっけほっ。

けらけら。けら。

笑い声と狭霧の咳が、追いかけ合うようにしばらく続いた。狭霧は隣に床をとっている養母のお松《まつ》を見た。

お松は健やかな寝息を立てて眠っていた。起こしちゃだめ、と狭霧は思い、咳を抑えようとした。

こほ、こほ。けほっ。

けら、けらけら。

それでも、咳はとまらなかった。トカゲの笑いが、喜悦を含んだようにはずむ。

――くるしい。

「狭霧？」

枕とは反対側、狭霧が足を向けている几帳のかげから、少年の声がした。

「義伯にいさま」

狭霧は答えて起きあがり、几帳に歩みよった。

壁と几帳のあいだに、髻を結った少年が座りこんで巻物をひろげていた。お松によく似た、太くきりりとした眉を心配げにひそめている。

「風邪《ふうじゃ》かな」

義伯の言う『ふうじゃ』とは、たぶん咳や熱病のことだろう。狭霧は思った。

この義理の兄も、お松も、養父である壮伯《そうはく》も、妖しいものを見ることはできない。

七歳の狭霧は、とうに気づいていた。

義伯は狭霧の額に手を当てて、「熱は無いな」とつぶやいた。

「狭霧、夜具をかぶって暖かくしてろ。朝、父上が帰ってきたら診《み》て貰《もら》おう」

義伯は少しだけきびしい口調で言うと、膝の上の巻物に目を戻した。巻物には、人の骸骨が描かれていた。横から見た頭蓋骨、口を開いた状態で描かれた歯列、そして全身の骨格。医術を学ぶための教本であった。遠い異国から渡って来た写本を大和でさらに書き直したのか、日《ひ》の本《もと》の文字と見知らぬ文字の両方が書きこまれている。興福寺の僧医である父に倣って、十五歳の義伯はすでに修業を始めていたのだった。

「義伯にいさま。トカゲ、取って」

巻物から顔を上げない義伯に向かって、狭霧は袖を広げてみせた。理屈は分からないがこの物の怪は、取《と》り憑《つ》いた相手に対してはしつこくても、それ以外の人間の手にかかればとても弱い。養父の壮伯が病人ひとりひとりの体質を見分けたように、狭霧も当時から物の怪それぞれの性質を見抜いていた。

「トカゲ？」

義伯はおどろいた様子で狭霧の袖を見たが、けげんそうに首をかしげた。

「何もいないじゃないか」

――やっぱり、わたしにしか見えない。

狭霧はかなしい気持ちになりながら、うつむいた。

「……こわい夢を見たんだな」

やさしい声で義伯は言うと、両手を伸ばした。狭霧の両袖を、ぱふ、ぱふと軽く叩いてやる。トカゲはあっけなく転げ落ち、部屋の隅の暗がりへ、しゅるしゅる這《は》っていって見えなくなった。

――夢じゃないもん。

狭霧は、心中ひそかに兄に抗議した。

五歳頃から、おかしなモノを見るようになった。他の人間には見えないのだと早々に気づいた狭霧は、それを口に出さぬようにしている。

養父母や義伯との間に、血の繋《つな》がりはない。赤子の頃草原に捨てられていたのを、筒井のおやかた様に拾われたと聞いている。いったん興福寺に預けられた狭霧を、引き取ると申し出たのが養父の壮伯だった。

ただでさえどこの生まれか分からないのに、化け物まで見えると知れたら、嫌われてしまうかもしれない。狭霧はそう思っていた。

今のところ養父母は、自分を可愛がってくれている。幼いながら、自覚はすでにある。

一度、お松が近所の女たちに「捨て子など拾って、よく面倒をみるもんだね」と言われたのを、狭霧は知っている。留守番中に退屈して庭に出た狭霧は、築地塀の向こうで交わされる会話を、つい聞いてしまったのだ。

「可愛いし手伝いもちゃんとする上に、筒井のおやかた様から預かった子でございますよ。ほんとの親が来ても、簡単には渡せませぬなあ」

あの時きっぱりとお松が答えるのを、狭霧は確かに聞いた。女たちが面白くなさげに「ふううん」と答えるのも。

外から戻ってきたお松は、ふだんと変わらぬ明るい声で狭霧に「ただいま」と言ってくれた。それを当然と思うほど、狭霧は鈍い子どもではなかった。

――わたしも、ほんとうのお母さまが見つかったって、ついて行きたくない。このおうちに居るんだ。

狭霧は、心からそう思っていた。だから、『見えること』を何度か打ち明けたくなっては、我慢しているのだった。

「ありがとう、義伯にいさま」

狭霧はくるりと背を向けた。夜具にもぐりこむ前に、お松の寝床を眺めまわす。物の怪がいないのを確認し、「お母さまもだいじょうぶ」と思わず声に出した。

「おかしな奴だな」

義伯はつれない調子で言って巻物に目を戻したが、忘れずに「おやすみ」と付け加えた。

翌朝、興福寺に泊まりこんでいた壮伯が帰ってきた。

興福寺の僧医は、僧籍を持ってはいるが髪は剃らず、髷を結っている。高僧ではなく実務を担当する中堅以下の僧には妻帯する者も多くいた。紀州根来寺《きしゅうねごろじ》の僧が髪を背に長く垂らしていたように、僧俗の区別は時にあいまいである。

重症の患者につききりだったのか、髷を少しばかりくたびれさせた壮伯は、出迎えた妻子の前でくんと鼻を鳴らした。

「灯明油のにおいがする」

それを聞いた途端、義伯が「しまった」という顔で目をそらした。

「遅くまで教本を読んでいたな。目を悪くする。しかも油の無駄だ」

壮伯に厳しく叱りつけられて、義伯は「これより気をつけまする」と首をすくめた。

「目を悪くすれば傷は縫えず舌診の勘も鈍ると言うたのに、しょうのない奴だ」

気難しげな顔をした壮伯だが、すぐに「分からんところがあったら聞け。昼間のうちに教えてやる」と付け加えた。面倒見の良いところが、よく似た父子《おやこ》だった。

養父の投薬のおかげで、狭霧の咳はその日の夕方にはおさまった。妖しいトカゲもどこかへ行ったらしく、姿を見せなかった。ほっと安心していた狭霧に、お松はくすくすと笑いながら手のひらに載るほどの小さな布包みを見せた。

布の中から現れたのは、絹でつくられた大きな一輪の桃の花だった。

「背守りの花、といってね。都で流行《はや》っているらしいよ。子どもの着物の背中に縫い付けると、病よけになるんだって」

可憐《かれん》な絹の花を縫い上げるようお松に頼んだのは、義伯だと聞かされて狭霧は目をみはった。お松はまだくすくす笑いながら、

「義伯には内証《ないしょ》にしておくんだよ。妹にやさしくするのは男らしくないって友達に言われて、気にしているらしいから」

とひとさし指を口に当ててみせた。大人になったようでも時々母親の手を頼るんだね、と嬉しそうに言ったお松の声を、今も狭霧はしっかりと思い出せる。

壮伯もお松も、もういない。流行り病で亡くなった。その時のことを思い出すと、狭霧は胸がつぶれそうになる。同時に、義伯と鷲王を守らなければ、という気持ちが体の奥からあたたかく湧き上がってくる。

義伯に寄り添っている時の安心感が、女としてのものなのか、それとも兄と養父母に守られてきた少女としてのものなのか、よく分からない。それでもかまわなかった。

狭霧は、夫と我が子の寝息に包まれるようにして目を閉じた。深い眠りの入り口で、幼い日に兄と見た灯明があかあかと燃えていた。

やがてやってきた夏には大きな戦は起こらず、静かな秋が訪れた。例年なら暑い季節は里の人々に痢病が流行るものだが、その兆しすらまったく無かったのが、却って不気味であった。

遠くの山々が紅葉に染まる九月の朝、また白髪の使者が輿を連れてやってきた。輿は狭霧の分まで二台あり、使者は覚悟を決めたような表情で「早く、城へ」と言った。

順興の末子、力丸《りきまる》が病と聞いて義伯と狭霧は顔を見合わせた。力丸はふたりの息子鷲王と同じくまだ二歳、育つ子よりも死んでゆく子の方がはるかに多い年頃である。

城に着いて奥の館に至り、一行は早足で渡り廊下を歩いていった。

途中、女の泣く声が朝の空気をつんざいて、狭霧は自分の呼ばれたわけを覚《さと》った。力丸の母である若い側室、おりんが息子の病に半狂乱になっているのだ。同じ年頃で幼い子の母でもある、狭霧がなだめ役にあてがわれるのだろう。

しかし、狭霧たちの子である鷲王が健やかである以上、却っておりんの気持ちを変に刺激するのではないか。懸念を抱えながら、狭霧は小走りに廊下をすすんだ。

襖を開けると、おりんが竜胆色《りんどういろ》の打掛姿《うちかけすがた》で、身を揉むようにして泣いていた。

部屋の中央に小さなしとねがあり、青い顔をした幼子が寝かされている。

おやかた様はじきおいでになります、と言って使者が部屋の隅に下がった。狭霧はおりんに寄り添い、義伯は横たわる力丸に近づいた。

掛けられた夜着をめくると、使者に聞いていたとおりの症状だった。熱は高く、においのきつい汗が流れている。

義伯は力丸の細い手首に触れ、脈を診た。弱々しい、蜘蛛《くも》の糸が風に揺れるような脈だった。死脈だ、と義伯は思った。手足の先端が黒ずんでいるのは、血肉が腐りはじめているのだ。

「狭霧、どうだ？」

義伯は狭霧を振り返った。義伯の診立てでは、死期が近い。医術では手の施しようがない状態だった。

それでも義伯には、予断があった。きっと狭霧が物の怪を見つけてくれる、それを除けばもしや……と思ったのだった。

「ありませぬ、お前さま」

予期せぬ狭霧の答えに、義伯は困惑した。

「力丸様のお体には、物の怪が憑いていないのです」

「病の毒だけが、力丸様をさいなんでいるのか」

「病の毒というより、力丸様の身の内から何か大きな力がせり上がってきて、力丸様を苦しめているような……」

狭霧自身にも、何が起きているのかよく分からない様子だった。

とにかく、手当てをするほか無かった。

末子とはいえ主君の子である。それに、同じ二歳の子を持つ義伯と狭霧にとって、力丸の苦しむさまは我が子の苦しみを見るようであった。

ふたりは幾日も城に泊まりこみ、できる限りの手を尽くした。しかし病そのものを治す方策はない。死にゆく苦しみを少しでも減らすための、篤い手当てしかできることはなかった。

濡らして絞った布を額に当て、こまめに取り替えた。開いたまま喘《あえ》ぎ続《つづ》ける小さな口を潤そうと、時おり湯ざましを垂らした。はじめは吐《と》瀉《しゃ》物《ぶつ》の始末と下の世話もしていたが、じきに何も出なくなった。

義伯と狭霧がこまごまと手を動かして日を過ごす間、おりんはうろたえていた。助けておくれ、わたしにも世話させておくれと懇願した。狭霧が「慣れた者の方がようございますから」と静かにたしなめると、懇願はとぎれとぎれの忍び泣きに変わった。

ある晩、おりんは手当てを受ける息子の傍らでしばらく泣いていたが、順興に「もう休め」と言われて寝室に引っこもうとした。

その時、力丸の呼吸が止まった。灯明に照らされた小さな頭がふっと傾き、ひくい鼻梁のあたりが暗く翳《かげ》る。幼子の顔に、黒々とした死の影が広がったかのようだった。

義伯は、呼吸だけでなく脈も止まっているのを念入りに確かめると、そっと狭霧にめくばせして廊下に下がらせた。突然我が子を奪われた親がどんな言葉を叩きつけるか、よく分かっていたからだった。

妻が襖の向こうに消えてからひと呼吸置いて、義伯は力丸の死を告げた。

おりんの罵声を、義伯は目を伏せ、平伏して受けた。

「ひとごろし！」

亡骸《なきがら》となった力丸は、手と足が染めたように黒かった。


義伯は主君の息子を死なせたことになるが、咎《とが》めはなかった。

逆に、よく最期まで手を尽くしてくれた、と小袖と袴を賜った。

すでに家臣や正室の病を治し、この春には順興の胸の発作を治し、義伯は充分に信用を得ていたのだった。

しかし、義伯は己を責めた。

まず、酒量が増えた。飲み過ぎると頭がぼうっとして診察ができないのに気づいた。すぐに飲む量をひかえたが、夜ごとの夢に力丸様が現れると言っては、深夜に起き出して飲んだ。

ある夜、義伯はみずからの寝衣の胸をかき開いて、「何もないか」と狭霧に尋ねた。酔眼に怯《おび》えが揺らめいていた。

「おやかた様に蛇が憑いたように、おれにも」

義伯は言葉を切ったが、何を言いたいのか狭霧にも分かった。

――おれにも、力丸様が憑いていないか。

灯火の揺らめくなかで、狭霧の指が義伯の寝衣をつまんだ。脱いで全身を見せて欲しいという合図だった。笑って「大丈夫ですよ」と言って欲しかったのか、義伯の表情がわずかに落胆の色を見せるのを、狭霧は見逃さなかった。

裸であぐらを組んだ義伯は、背後に座った狭霧に聞いた。

「……どうだ？」

「大丈夫でございますよ、お前さま」

狭霧のやわらかな手のひらが、義伯の肩を撫でた。

「そうか……」

義伯は長い溜息《ためいき》をついた。

狭霧は、手のふるえに気づかれないよう慎重に、義伯に寝衣を着せた。

義伯の背中の肌には、黒い足跡がついていた。幼子がむずかって何度も蹴りつけたような、小さな足跡が。そして、義伯の肩のあたりに一瞬ちらりと現れて消えたのは、真っ黒な足だった。死んだ力丸の足とそっくりな、小さな幼子の足。

「大丈夫」

狭霧は後ろから、義伯を抱きすくめた。

――恨んで、おられるのか。

信じたくはなかった。できる限りの手を尽くし、今こうして自責の念に駆られている義伯を、力丸が恨んでいるなどと。

――この人を、こわがらせてはいけない。

自分が何とかしてみせると狭霧は決意したが、どうすればいいのか見当もつかなかった。

どうしたわけか今回に限って、火で焼けばよいのか手で払えばよいのか、まったく分からない。眠れないらしい義伯の転々と寝返りを打つ音を聞きながら、狭霧は言いようのない不安に襲われていた。

翌朝、鷲王が熱を出した。

それを知った義伯は、子守り女を叱った。

朝晩冷えるというのに、きちんと重ね着をさせなかったのだろう、と。

いつもの彼ならば、誰かを責める前に我が子を診察するはずだと、狭霧は思った。

義伯の身と心をじわじわと痛めつける黒い足が、狭霧には見えた。広い背中を踏みつけ、膝を蹴りつける二本の足に、義伯自身が気づく様子はまったくなかった。

「狭霧、薬を煎じてくれ」

義伯に呼ばれて狭霧は立ち上がったが、厨《くりや》に行く前に鷲王に近づいて顔を覗きこんだ。

鷲王は熱で真っ赤な顔をして、夜着にくるまれていた。そのまんまるな、愛くるしい頬に黒い影が重なった。

黒く小さな手がふたつ、鷲王の頬を覆っていた。

死んだ力丸のくるしげな喘ぎが、聴こえてくるような気がした。

鷲王は、発熱と下熱を繰り返した。そのたびに義伯と狭霧は憔悴した。

狭霧は、夫と息子をさいなんでいるのは力丸の亡魂と確信していた。だがそれを話しては、義伯は耐えられまい。だから狭霧は、黒い手足のことは話さなかった。

狭霧は、色々な方法を試みた。黒い手足は、つねっても灸さじで焼いてみても、するりするりとかわすだけで消えはしなかった。ある時、眠る鷲王のまぶたをつまんで引っ張るので、手で払った。やはりかわすだけで効き目がないので、狭霧は亡霊の手を剃刀《かみそり》で切ろうとした。しかし黒い手は意地悪く、すこし間違えば鷲王の鼻をそぎ落としてしまいそうな、きわどい位置に逃げるのだった。

発熱を繰り返すうちに鷲王はどんどん痩せていき、泣く声は細くなっていった。

ある日、義伯はついに「犀角《さいかく》を使う」と言い出した。

犀角は唐渡《からわた》りの貴重な秘薬で万病を除くと言われているが、実際の効き目は定かでない。義伯の父に言わせると、貴重すぎて用いた例が少なく、したがって万病を癒やすのかどうか確かめようがないらしい。

父から受け継いで、義伯もほんの少し犀角を持っているが、主君の息子には危なくて使えなかった。それを使うというのだから、義伯は藁《わら》くずにもすがろうという気持ちであった。

城で用事のある義伯は、「犀角を粉にしてくれ」と狭霧に言い置いて家を出た。ふらふらと揺らぐように歩く義伯の背中が、角を曲がって見えなくなるまで、狭霧はずっと見送っていた。

犀角は木の皮に包んで、納屋にしまってある。専用の刃物や器具を使って粉末にするには、少し骨が折れる。

家事を済ませて庭に出ると、西の空が夕日で真っ赤に燃えていた。狭霧は、やがて来る夜の暗さを思った。

納屋は庭の片隅にあって、蓑《みの》や農具がおさめてある。

たてつけの悪い木戸を開けて、隠してあった犀角を木の皮ごと帯に挟みこんだ。すると、内部の薄闇でなにか動いた気がした。

「だれ？」

とっさに聞いたが、答えはない。

視界の隅から黒いものが飛んできて、狭霧はおもわず腕でふせいだ。甲虫がぶつかってきたような感触があった。

ばさりと音をたてて納屋の床に落ちたのは、力丸の右手だった。

黒い手が蟇《ひきがえる》のように跳ねてゆく先を目で追うと、壁際に乳児がもたれていた。だぶついた紺の単衣《ひとえ》から、白い頭部だけが出ている。

「力丸様」

忘れようのない、あどけない顔がそこにあった。大きな目は閉じられて、口元にはかすかな笑みが浮かんでいた。

「力丸様。お恨みいたします」

——あなたのために我が子と夫は。

そう続けようとして、狭霧は沈黙した。力丸は瞑目《めいもく》してほほえんだままだ。

黒い右手がまた跳ねて、紺の単衣のなかに飛びこんだ。よく見れば布にくるまれた力丸の輪郭は芋虫のようで、単衣をはぎとれば手も足も無いのではないかと思われた。

もとより亡魂、人体の理《ことわり》とは懸け離れたものに違いなかった。

狭霧に恐れる心はなかった。恨んでも意味はないと思い直した。床に手をつき、奇怪な乳飲み子にひれ伏した。

「お願いでございます。我が子と義伯を、おゆるしくださいませ」

砂にまみれた床に額をつけて、懇願した。首領の子ゆえ、家来の入れぬ筒井領の山奥に墓がつくられたのを思い出した。どうにかしてきっと花を供えよう、と狭霧は思った。

「かならず、かならず篤く供養させていただきます。どうか」

あははは、という場違いに明るい笑いが耳朶《じだ》を打った。

顔を上げると、力丸が目を見開いて、狭霧を見つめて大笑いしていた。

おもしろくて堪《たま》らない、とでも言うように。

カッ、と頭に血が上った。

狭霧は獣のように四つ這いに、力丸に襲いかかった。

単衣のむなぐらを摑もうとした時、黒い手が飛来して狭霧の指先を鋭くかすめた。

指先の皮膚が切れて、さっと血が流れた。

力丸は壁にもたれたまま、身を揺さぶって笑っている。

狭霧は怒りにふるえた。棚に草刈り鎌がある、これで引き裂いてやると手を伸ばした時。

ピイイ、と鋭く笛の音が響いた。

げたげたと笑っていた力丸が、ひきつけを起こしたように痙攣《けいれん》した。

音のした方を振り向くと、納屋の戸口に夕日を背負って、小柄な影が立っていた。

頭に兜巾《ときん》をのせて錫杖《しやくじよう》を持ち、笈《おい》を背負った姿は修験の行者に見えたが、顔立ちはまだ二十《はたち》あまりの青年のようだった。

咥《くわ》えていた竹笛をはなすと、若い行者はひと言「来なさい」とだけ言った。

返事も聞かず身を翻し、素早い足取りで道へ出てゆく。

行者の優しげな声よりも、力丸をだまらせた竹笛に惹かれているのだと自らに言い聞かせながら、狭霧はふらふらとあとをついていった。


竹藪《たけやぶ》に入ってから、行者は歩調をゆるめた。竹のまばらな開けた場所で、やっと狭霧を振り向いた。錫杖のかしらに付けた金属の輪が、チリンと鳴った。

「義伯どのの女房か」

若いのに名医と評判だそうな、と行者は錫杖を鳴らした。狭霧が答えないでいると、

「しかしこの頃、腕が鈍りがちとも聞く」

といかにも心配げな顔をしてみせた。

「あなたは誰」

狭霧の問いただす口調に、行者は笑って首を振った。

「いや、警戒せんでくれ。わしはただの修験者だ。吉野の大峯《おおみね》を出て、遍歴している。義伯どのの評判は、里の人間に聞いただけだ」

狭霧と同じかそれより若く見えるのに、行者は老人めいた話し方をした。それにこ

の年頃では、まだ山にこもって師のもとで修行しているのが似合いではないか。修験の暮らしに明るくない狭霧にも、彼の言い振りはあやしく感じられた。大峯などというのは嘘で、たんなる浮浪人ではないのか。錫杖や兜巾を、どこでせしめたのかは知らないが……。

「わしが、逃散者《ちょうさんもの》や追い剝ぎにでも見えるかな」

うたがいを見破られて、狭霧は行者を、少なくとも只者《ただもの》ではないと思った。

チリン、と錫杖が鳴った。

「あの乳飲み子は、先ごろ亡くなった筒井の末子であろう」

行者はここ二日ばかり筒井の里で野宿ぐらしをしているが、ある里人に病気治しの加持祈禱《かじきとう》をしたさい、力丸の死を知ったという。

筒井の集落はそう広くない。この流れ者の存在に気づかないほど、狭霧は我が子の病に心をとらわれていたのだった。

「鬼類《きるい》のにおいがするゆえ、勝手ながら敷地に入らせてもらったが。あれはなかなかことでは調伏《ちょうぶく》できぬよ」

行者は、反応を確かめるようにゆっくりと言った。

「力丸ぎみは、本来ならこの日の本を盗《と》れるほどの気性の強いおのこだ。悪い病におかされたのが、本人と筒井家の不幸だった」

筒井家の権力と武力は強大だが、大和全体を完全に治めるには至っていない。あの禍々しい乳飲み子が、日の本を治める器――力丸の哄笑《こうしょう》を思い出して、狭霧は鳥肌を立てた。

「いや、むしろ、強すぎる魂の力が、赤子の未熟な体を傷つけたのかもしれん」

狭霧は、死の床で喘ぐ力丸の姿を思い出した。黒く染まってゆく手足と、それに似合わず身内から湧き続けていた、強い精気を思い出した。

「あのような強すぎる魂が、夭折《ようせつ》の恨みを帯びて鬼類となったのだ。調伏するのはわしでも無理だろう。だから」

――転生させるのだ。

修験の奥義を狭霧に漏らすかのように、おごそかに行者は言った。


ふたりの周りで、そして頭上で、竹の葉が風に鳴っている。すでに日は落ちて、竹藪のなかは黄昏《たそがれ》よりもさらに暗い。なのになぜ、行者の姿が昼間のようにはっきりと見えるのだろう。狭霧は不思議に思った。

「力丸ぎみはあの納屋に住み着いて、なにやら女房どのに害をくわえているようだ。

ちがうかね」

狭霧はかぶりを振った。

「ちがいます。わたしではなく、我が子鷲王に。そして夫に」

力丸が死んでからのいきさつを、狭霧はきれぎれに思い出した。義伯の生気のない声、酒を過ごした時のささくれだった視線を思い出して、胸がずきりと痛んだ。鷲王を抱き上げた時、ひどく軽くなっていたのを思い出すと叫び出したくなった。

「隠さんでも分かる。ひとりで辛《つら》い思いをしている顔だ」

端整な顔にあわれみぶかい表情を浮かべて、行者は言った。

――わたしが、辛い思いをしている？

狭霧は自問した。しかし辛いのは、祟られている義伯と鷲王ではないか。

「愛しい者たちが川で溺れているのに、助けられない。そういう顔をしている」

行者の言葉で狭霧は、そういう辛さがあるのだと腑《ふ》に落ちた。

狭霧は気がつくと、行者にすっかり話していた。

自分に物の怪を見る力があること。病人に憑いた物の怪を、追い払ってきたこと。

主君の子を死なせたと落胆する義伯に気がねして、力丸が祟りをなしていると打ち明けられないこと。

行者はひと通り聞くと、言った。

「わしの力が要るかね」

狭霧はうなずいた。

「強靭《きょうじん》な魂は、ただの人に生まれ変わることはできん。それなりの器が必要だ。たとえば帝の子がいちばん良いが……高いぞ」

狭霧は、どれほど高くても、と行者にすがらんばかりに答えた。銭の蓄えならば、狭霧が管理している。

行者が狭霧の手首を摑んだ。

「では、家を出ろ。わしと筒井の里を出るんだ」

狭霧は耳を疑った。苛酷な旅を続ける修験の行者にとって、まず必要なのは金や食糧ではないか。

「いやです」

迷うことなく答えた。義伯と鷲王を捨てて誰かについてゆくことなど、考えられなかった。

「行者さまがわたしを連れて行って、なんの得をするというのです」

手首を捕らえたまま、行者はうすく笑った。

「わしは幾つに見える」

「わたしと、同じくらいかと」

「術で若く見えるだけさ。ほんとうはお前の祖父《じい》さん、いやひい祖父さんみたいな年齢だ。そろそろ、道連れが欲しゅうなった。それには、お前のような女が似合いだ。お前もきっと、わしがいないと困るようになる」

わけが分からないまま、狭霧は身をよじった。

行者は空いている方の手で、竹笛を取り出した。いかなる指と息の加減か、納屋で吹いたのとは全く違う、低くおどろおどろしい音が長く尾を引いた。

「あっ……？」

体から力が抜けて、狭霧は土の上に倒れた。

「わしは、お前の正体を知っている」

傍らに座りこんで、行者は狭霧の顔を覗きこんだ。

「物の怪が見えるとあっさり話すということは、自分でも知らぬのだろう。赤子の頃、拾われてきたと言ったな」

正体、という言葉が狭霧の注意を捉えた。

幼い頃から身につけていた、物の怪を見る力。養い親から嫌われてしまうと不安になった、他の人々が持たぬ力。もし自分があきらかに他の人間とは違う何かを持っていて、それが物の怪を見る力の原因ならば、知りたい。自分の正体を。

そう思ったのが、心の隙だった。狭霧は体の力だけでなく、意識の力までも弱っていくのを感じた。地面についているはずの手のひらに、土の手触りを感じない。

「今からお前は、自分の生まれをただしく知るだろう。わしとお前が似合いだという意味も、それで分かる」

心地よい眠りに似たけだるさが、全身をくるみこんだ。意識に幕が下りて、狭霧は自分がどこにいるのか分からなくなった。

犀角を粉にしなければ、と思い当たったが、すぐにそれさえも忘れた。

暗い穴から這い出すと、草のにおいがした。四方を背の高い草に囲まれている。

晴れわたった空の下で、濃い緑の葉が生い茂り、風にさざめいている。どこまでこの草原が続いているのか分からない。狭霧の視界はあまりに低かった。

キュオオン。

狭霧が今しがた出てきた穴から、声がした。小高い斜面に掘られた穴から、白い優美な狐《きつね》が現れた。

——母さま。

狭霧はなんの迷いもなく、白い狐を母だと感じた。母の姿に見とれながら、キュウ、と返事をした。狭霧の体は母よりもずっと小さく、生えそろった毛は飴色《あめいろ》に近い金色だった。

キュオオン。

母は、危ないから戻れと言っていた。狭霧のところへ駆け寄って、首根っこを咥えようとする。

その時、空気が切り裂かれた。

母の体に、黒光りする矢が突き立っていた。白い毛並みに、みるみる血が広がっていく。

「仕留めたぞ。白狐《びやっこ》だ」

斜面の上から、男の声がした。何人もの声が入り混じって降ってくる。丈高い草を分ける、ガサガサという音が近づいてくる。

母は逃げようとしなかった。ただ、黄金色の目で狭霧を見つめた。

——母さま。ごめんなさい。

詫びようとして吐き出す言葉は、キュン、キュウという弱々しい幼獣の声にしかならなかった。

黄金色の目が燭《ともしび》のように輝いて、突然光を失った。白い体が、がくりと草に伏した。

狭霧は母にすがりついた。

血に染まる毛並みに触れるのは、やわやわとした赤子の手だった。母の魂を呼び戻さんと流れ出る叫びは、オギャアオギャアという赤子の声だった。

「や、赤子じゃ。人の子がおる」

斜面を駆けおり、草を分けて現れたのは狩り装束に身を固めた男たちだった。

「狐に育てられた子じゃ」

「いやいや、食おうと何処《いずこ》かでさらって来たのだ」

さかんに言い交わす人間たちに囲まれて、狭霧はオギャアオギャアと泣き続ける。

「素裸では寒いであろう。誰《たれ》ぞ、着るものは持っておらぬか」

力強い腕が、狭霧をすくいあげた。狭霧を胸に抱いて、案ずるように見つめてくる。まだ壮年らしく見えたが、その顔は間違いなく順興のものだった。

目を覚ますと、背中にぬくもりがあった。月明かりのなかで、竹藪が揺れている。

地べたに座りこんで、後ろから行者に抱きしめられていると気づいて、狭霧は暴れた。逃がさぬための抱擁なのは明らかだった。今の狭霧は袴を穿いていない。小袖の重ね着だけだった。それでも裾を乱して地面を蹴り続けたが、行者の腕ははずれなかった。

「思い出したか」

いやがる狭霧に構わず、行者は耳もとに語りかける。

「お前は初めから、狐のにおいがしていた」

今も首筋から肌の匂いを嗅がれている気配がして、狭霧はますます暴れた。里人に知られたらと思うと、大声を出せない。

「さっき、お前の心の中を覗いた。こうして頭を寄せていれば難しくないことだ。……お前の母は、年を経た春日山の白狐だ。獲物として仕留められていたはずのお前を、最期の力で人に変えたのだ」

母とはそうしたものだ、と行者はどこかまじめな声で言った。

「お前の母親を仕留めたのは、順興の家臣だ。……おそらくは、間もなく死んだであろう。春日大明神《かすがだいみょうじん》は、御使いを殺した人間を見逃すほど甘くはない」

行者の腕が抱く力を強め、もてあそぶように揺すぶった。

「春日大明神の御使いが鹿などと、表向きよ。春日大明神は、そのようなおとなしい神ではない。だからこそ順興も、戦の旗印に春日大明神の名を記すのだ。敵を滅ぼすのに、神威を借りようとな。

牙を持ち獲物を引き裂く狐こそが、神威を示す裏の御使い。そこまで知っておるのは一部の神官と、わしのように広く寺社を遍歴して、幾年もかけて情報網をつくりあげた者のみであろうな」

狭霧は、春日山に物の怪が棲むという噂を聞いたことはあっても、狐が春日大明神の御使いなどと聞いたことはない。それよりも食いこんでくる固い腕が不快でたまらず、背をそらし頭を振った。

乱れた髪の下からあらわれた白い首筋に、行者の唇がひた、とはりついた。舌がゆっくりと肌を這う。狭霧が「いや」と細い悲鳴を漏らす。

暴れたために乱れきった裾を、行者の手がすばやく掻き開いた。

狭霧は身を硬くしたが、行者の手が脚の間に入りこんでくることはなかった。

「よっく見よ。みずからの正体に気づいたからには、もう人ではいられない」

月光にさらされた狭霧のうつくしい両脚に、一見変わりはなかった。しかしよく見れば金色の獣毛が、すねから腿《もも》のつけ根にかけて、帯状にひろがっている。

狭霧は、抑えた短い悲鳴をあげた。行者は小袖の肩に手をかけて、一気に引き下ろした。あらわれた乳房にも、ところどころ金泥を散らしたように、獣の毛が密生していた。

狭霧は行者をおしのけて立ち上がった。乱れた着物のまま走り去ろうとするのに構わず、行者は竹笛を取り出して短く吹いた。今度は低くやわらかい音だった。

とたんに涼しい感触が肌を走り、狭霧は思わず我が身を見下ろした。胸も脚も、なめらかな人の肌に戻っていた。

「わしの力があれば、ずっと人の身でいられるぞ。似合いと言った意味が分かっただろう」

狭霧は答えず、竹藪の外へ走った。

「この竹藪で待っているぞ。いつでも来るがいい」

行者の声だけが、風に乗って追いかけてきた。

満月にちかい明るい月が、暗く濁った雲に隠されてゆく。

狭霧は家へ向かって駆けた。

誰にも会わず家に駆け戻り、土間にぺたりと座りこんだ。帯を探ると犀角の包みはきちんと挟みこまれたままで、深い安堵の息をついた。義伯の草鞋は土間に見当たらない。まだ帰ってきていないようだった。

子守り女が奥から出てきた。女主人の遅い帰りに、おどろいているようだった。

「あれまあ！　こんな暗くなるまで。お姿が見えないんで、探したんですよ」

「あの人が心配で、ついお城までふらふらと行ってしまって……でも、用もないのに入れるわけがないから、帰ってきてしまったの」

嘘がすらすらと、しかし頼りない口調で唇からこぼれ出ていく。

義伯の不調に気づいている子守り女はうんうんとうなずいて聞いていたが、しっかりしろとでも言うように、狭霧の背をかるく叩いた。

「小娘みたいなことをおっしゃいます。坊ちゃんが心細くなるから、もうなさいますな」

もう休ませていただきますよ、と子守り女は戸口から出て行った。子守り女や炊事番の老夫婦は、庭にある離れで眠ることになっている。

狭霧は灯りをともし、眠る鷲王の傍らで犀角を砕いた。鷲王に熱はなかったが、灯火のもとではこけた頰が目立って、痛々しかった。

鷲王に夜着を掛け直してやる時、黒い手が細い首に這った。

「ひっ」

狭霧が声をあげると、力丸の手はからかうようにひと踊りして、いずこかへ消えた。

しばらくして、松明をかかげた武人たちに護衛されて義伯が帰ってきた。その時、狭霧は鷲王の傍らで顔をおおっていた。「どうした」と聞かれても狭霧は答えられず、涙だけが静かに流れ続けた。義伯はただ「遅くなった。すまん」と肩を抱いた。ひどく疲れた表情だった。


眠る直前になって、ようやく狭霧は口を開いた。

「……お前さま」

「どうした？」

「春日山の狐を、知っていますか」

唐突な問いに、義伯は少し戸惑っているようだった。

「父上に、聞いたことがある。狐には、ただの獣と神の御使い、二種類がいる。春日山に棲む狐は春日大明神の使いだと。……それが、どうかしたのか」

「いえ……」

狭霧はあいまいに言葉をにごした。

「京で応仁《おうにん》の大乱が起きた時、春日山の木々がいっせいに枯れたと、記録に書かれているらしい。人々は、春日大明神の怒りだとおそれたという。

山といっても春日山は、いくつもの山のあつまりだ。それが丸ごと枯れたのだから、ただごとではない。鳥や獣は生きていけずに他の土地へ去っただろう。もっと困ったのは人であったろうな。鳥も獣も、木の実も木材も、突然手に入らなくなったのだから。

木々を枯らしたのは、大明神の命を受けた狐だとも言われている。……おそろしいものだな」

おそろしい、という言葉に狭霧の肩がびくりとふるえた。

「こわくなったか」

「……いえ」

「そうおびえることはない。春日山の狐は、悪い物の怪を食うそうだから。そうやって、春日山の神域を守っているのだと、父上が言っていた。もっとも、見たことはないそうだが……」

義伯の顔が、灯火のもとで少しゆがんだ。父も母も流行り病で突然逝ってしまった、四年前の夏を思い出したのかもしれなかった。

狭霧は、自分がその狐の娘だとは言い出せなかった。義伯の顔も声も、あまりにくたびれていた。

——もしあの時、母さま……白い狐が殺されなかったら。わたしは今も春日山で、狐の姿で暮らしていたのだろうか。

眠れないまま、狭霧は白く優美だった母の姿に思いを馳せた。

狐であった頃の記憶は、行者に見せられたものしか思い出せない。

しかし、春日山の狐が物の怪を食う、という言い伝えには妙に納得させられるものがあった。

順興の胸にわだかまる黒い蛇の急所が、なぜだか分かったこと。

枕にしがみついた老婆にさほどの力はなく、火で焼けば済むと直感したこと。

物の怪が見えるだけではなく、その弱点や性質までも察知する力は、物の怪を狩る狐に、まさにふさわしいではないか。

——みずからの正体に気づいたからには、もう人ではいられない。

行者の言葉が、不吉な響きでよみがえった。

——わたしが人でいられなくなったら、狐になってこの家を出て行ったら、この人と鷲王はどうなるのだろう。

狭霧は、背を向けて眠っている義伯をちらりと見た。主君の子を死なせ、我が子が病にふせっている今と、両親を亡くした四年前の夏とでは、どちらがより辛そうな顔をしているか、目を閉じて記憶をたどり、比べてみる。

狭霧が十六の夏、壮伯とお松は流行り病に倒れた。ろくに口をきく間もなかった。二人とも、体中の穴から水気と毒気と糞臭《ふんしゅう》とを噴き出して、またたく間に果てた。茫然《ぼうぜん》とする義伯と狭霧のもとに、興福寺から墓掘り僧が遣わされた。彼らは感染を防ぐためか、頭と鼻と口を布で覆っていた。

それから十日あまり、狭霧にも自分にも流行り病の兆候がないのを確かめた義伯は、狭霧に何人かの下女と多額の銭を残して、突然消えた。「にいさま」と大声で呼び、家中を探しまわった狭霧が見つけたのは、机の上に置かれた一枚の手紙だった。

『この門前町を出る。よその里で流行り病が広がっているから、治しにゆく』

それだけ書かれた置手紙を何度も読み返しながら、狭霧は取り残されてしまったという恐ろしい感覚に縛《いまし》められて、体を動かすこともできなかった。そして、義伯は病に復讐《ふくしゅう》しにいくのだと、助けられなかった両親のかわりに、同じ病にかかった人々を救う気なのだと思った。

しかし、あえて流行り病の患者に接触するならば、義伯も身を危険にさらすことになる。その程度の知識は、僧医の養女である狭霧も身につけていた。

狭霧は、二度と兄には会えないことを覚悟しながらも、無事を願って毎日興福寺に参詣した。両親の死と義伯の不在を知って、妾《めかけ》にならないかと申し出た南都の商人もいたが、「一切無用」とはねつけた。兄にもしものことがあれば律宗《りっしゅう》の尼寺に入るつもりで、狭霧は待ち続けた。

義伯が門前町に戻ってきたのは、ひと月ちかく経った頃だった。興福寺の、壮伯となじみであった僧から知らせを受けて狭霧が駆けつけると、痩せてひと回り小さくなった義伯が寝かされていた。流行り病にかかってはいなかったが、杖がなければ自力で歩けないほどに弱っていた。義伯の肩や腰に、ぎっちりと腕を回してしがみつく黒い人影がちらちらと見えて、狭霧は「病人の亡魂に憑かれたのだ」と思った。体を壊したのは、そのせいだ。見ていて苦しかったが、そのせいで義伯が門前町に帰ってきたのも確かだった。

門前町から一時《いっとき》あまり歩いたところにある、筒井の里で流行り病が広がっていると聞きつけて住み移ったものの、結局体を壊して興福寺に担ぎこまれてきたのだ、と義伯は狭霧に語った。

「なさけないことだ」

人ごとのようにつぶやいたあとで、義伯は強く目をつぶり、歯を食いしばった。そばに興福寺の僧や稚児がひかえているから、泣くのをこらえているのだと狭霧は思った。義伯は表情をようやくゆるめてから、ぽつりと「すまなかった」と言った。突然出て行ったことに対してか、ひと月も不安な思いをさせたことに対してか。義伯は説明しなかったが、狭霧はただ、うなずいた。横たわる義伯の手を取ろうとする時、なぜか恥じらいのような気持ちがきざした。

その日のうちに、義伯は門前町の家に戻ってきた。少しも荒れることなく手入れされた庭を、義伯はしばらくまぶしそうに眺めていた。

「狭霧。おれは、役に立てなんだ」

庭石に座って、萩《はぎ》のつぼみの白や紫をぼんやりと見つめながら、義伯は独りごちるように言った。

「父に医術を学びながら、母に産み育ててもらいながら、どちらも治すことはできなんだ。みほとけも見捨てような。不孝の子とて」

狭霧は雑草を抜く手を止めて、だまって義伯のそばに立って、聞いていた。

「ならばせめて、同じ病をわずらった人々を救おうと、筒井の里に住み移った。父上のつてをたどって、筒井のおやかた様の家来の屋敷に、寄宿させてもらってな。刀傷を負ったおやかた様を治療して、褒美を貰ったこともある。しかし、住み移った目的が流行り病の治療と知られた途端、大目玉よ。自分たちにも累がおよぶかもしれんのだから、当然よな。

おれは、両親の供養だからと幾度か説得したが、うまくは行かなかった。あげく屋敷を飛び出して、里人のなかから流行り病にかかった者を探し出した。彼らの手当てをしようとした矢先、自分が体を壊した。……それで、興福寺まで担ぎこまれてこのざまだ。力無きことよな」

一気に喋りきった義伯の肩に、狭霧はそっと手を置いた。正面にまわってかがみこみ、ふところから何かを取り出した。

「それは」

義伯の目を釘付《くぎづ》けにしたのは、絹でつくられた一輪の桃の花だった。もう何年も忘れていた、妹の病が治るようにと母につくらせた背守りの花だった。

「にいさまを待つ間、だいじにお守りにしていました」

白い指に背守りの花を挟んだまま、狭霧は義伯の広い背に手を回した。花を、義伯の背にそっと押し付ける。しがみついていた人影が、断末魔とともにぼろぼろとくずれていった。

「……今、身が軽くなったような……狭霧、何をした？」

あわただしく周囲を見回す兄に、狭霧はついに告げた。

「わたしには、人に取り憑いて病を生む物の怪が見えます。無力だったのは、にいさまだけではありません」

「どういうことだ」

「むかし、お坊様が家に運ばれてきたことがありましたね。大変な重病だと言って」

「ああ、しかし家に来て間もなく快復したから、父上が不思議がっていた」

「あれはわたしの手わざによるもの。あの時、苦しそうなお坊様のまわりに物の怪が跳ね回っていたから、かまどの火を棒切れにうつして燃やしてやったら、消えたのですよ。そのすぐ後、お坊様の病も癒えました。わたしはそうして物の怪を見分け、人の病をこっそり治していたのです。仲間はずれにされるのがこわくて、誰にも言えなかったけれど」

「今もその背守りの花で、おれに憑いた物の怪を祓《はら》ったと言うのか」

狭霧は辛そうに目を伏せた。

「ええ。……そして、お父様とお母様が流行り病にかかる直前、わたしは……戸口を走り回る二匹の小鬼を見たのです。あまりにすばしこくて、見失ってしまったけれど、今思えばあれは疫神《えきじん》にちがいありません。わたしが、あれを追いかけて祓っていれば。何がしかの方法で、ひどく傷つけていたら。お父様と、お母様は、病には、かからなかった」

あとは言葉にならなかった。義伯にすがりつくようにして、狭霧は泣いていた。秘密を口にしてしまった恐ろしさと、兄が帰ってきた安心とで、頭が滅茶苦茶《めちゃくちゃ》になっていた。とめどなく流れ出る自分の嗚咽《おえつ》を聞きながら、狭霧は義伯の腕がとてもあたたかいことに気づいていた。腕だけでなく、義伯のまわりの空気そのものが、不安も恐れもやわらかく受け止めてくれるのを感じた。やさしく、次第に強く抱きしめられながら、子どもの頃から抱え続けた硬い小石のようなものが、ほろほろと溶けていった。

義理の兄と妹であったふたりが夫婦となり、筒井で目を留められた義伯が順興の典医となったのは、それからまもなくだった。『にいさま』が『お前さま』へと変わることに、義伯も狭霧もだんだんと慣れた。父と母を失った空白を大急ぎで埋めるかのように、ふたりは筒井の里に移って新しい暮らしを始めたのだった。

義伯と夫婦になったいきさつを久しぶりに思い返したその晩、狭霧は夢を見た。元気になった鷲王を抱いて義伯と歩いているのだが、喋ろうとしても狭霧の口からはキュオン、キュオンという狐の声しか出てこないのだった。

夜が明けた。

前夜に犀角を飲んだ鷲王は小康状態をたもっていたが、寝床のまわりには黒い手が、ひらひらと跳ね回っていた。もう、触れて祟らずとも鷲王は死ぬのだと言われているような気がした。

狭霧は、早朝のうちに家を出た。義伯には、どうしても採りにいきたい薬草があると言った。また嘘をついたことになる。

狭霧が竹藪に入った時、日は少し高くなっていた。

行者は、大きな石に背をあずけて待っていた。

「あなたについてゆくことに決めました。このうえは一刻もはやく亡魂の祟りを祓っていただき、心残りなく筒井を去りたいと思います」

一晩での心変わりに、行者は少し驚いたようだった。

「ほんとうに良いのか」

「夢を見たのです。人の姿をしているのに、決して人にはなりきれない夢を」

「ふむ」

行者は、狭霧のかなしげな横顔をしばらく見まもってから、言った。

「転生の呪法なら、今晩には用意ができよう。しかし証がほしいな。力丸ぎみを転生させた途端、お前が亭主のもとへ駆け戻らないという保証はない」

「そう考えるのも無理はありません。証なら、ここに」

狭霧は袴の紐をゆるめて、襟を大きくくつろげた。

両の乳房から腹にかけて、濃く淡く紅色がひろがっていた。蛸《たこ》がくねったような形のそれは、行者には見慣れた『ア』と発音する梵字《ぼんじ》であった。

狭霧の肌は、梵字をかたどって腫れていた。

同じ梵字が、行者の持つ錫杖にも刻みこまれている。狭霧はそのひと文字を、めざとく覚えこんでいたのだった。

「菊の花の汁で、わざとかぶれさせたものです。これを証とお考えください。肌の薄いたちゆえ、こうなったら二十日は痕が消えませぬ。二十日もの間、夫に肌を見せぬ女はおりますまい。……だからこれは、今からあなたのものという証」

行者は立ち上がって紅色の梵字に触れようとしたが、狭霧はすばやく身を引いた。

「どうか、呪法の支度をしてくださいませ。力丸様が転生すれば心置きなく、今夜にもあなたとゆけるのですから」

行者は笈と狭霧を見比べると、「川で禊《みそぎ》をしてくる。家で待て」と背を向けた。

その夜、座敷で義伯とともに夕食をとっている最中、清らかな笛の音がどこからともなく聴こえてきた。

いったい誰がと言い終えないうちに、義伯は箱膳のそばに倒れ伏して、いびきをかきはじめた。台所で世間話をしていた炊事番と子守り女も、かまどの前にばたりと倒れた。鷲王も、夜着にくるまれて寝息を立てている。

狭霧ひとりが、だんだん近づいてくる笛の音を聴いていた。短い曲を何度も繰り返しているのだと気づいた頃、木戸を叩く音がした。

「わしだ」

戸口に立っていた行者は、朝よりもやつれているように見えた。しかし眼光は炯々《けいけい》として鋭く、装束こそ違え、まるで戦にゆく武者のようだった。

眠る義伯たちを残し、狭霧は行者について納屋に向かった。

木戸を開けると、すでに呪法の支度がなされていた。

力丸の前に、板をくみあわせた低く簡素な祭壇がしつらえてあった。

祭壇には火のついた灯明皿がのっていて、力丸の眠たげな顔をひっそりと照らしている。

行者がどういう下準備をしたのか、力丸はくったりとして、禍々しさがうすれている。そういえば昼前に家に戻ってから、義伯と鷲王のまわりに黒い手足は見えなかった。

「いま、帝のもとには丁度いい女がおらん。東の方に身も心も丈夫な奥方さまがいるから、そのおん腹に力丸ぎみを託し申そう」

祭壇に置かれた円い鏡には、狭霧の知らぬ光景が映し出されていた。

真昼間の広い座敷、素襖《すおう》や大紋姿《だいもんすがた》のさむらいたち、池をそなえた庭園、そして最後に、赤い打掛を着た若い女が現れた。これがその『奥方さま』らしい。

行者はふところから紙包みを取り出した。包みを開き、刻んだ干し草のようなものを灯明皿に落とした。灯明の火に油があたためられて、甘いような苦いような、濃い香りが納屋に充満した。

狭霧は軽くむせた。初めて嗅ぐ香りだった。

「世に反魂香《はんごんこう》のあるごとく、退魂香《たいごんこう》もまた密《ひそ》かに用いられている。もう、静かにしていよ」

行者は祭壇の前に座りこみ、印を結んだ。神呪《しんじゅ》を唱えながら、つぎつぎに違う印を結んでは解《と》いた。その度に行者の袖が揺れ、納屋の壁に映る影が、あわただしく動いた。

狭霧は目をこすり、まばたきした。

壁の上で蠢いていた行者の影が、中空にまで浮かび出ていた。まるで雨雲のようでもあり、水に落とした墨のようでもあった。行者は額からつややかな汗を流しながら、印を結び、神呪を唱え続ける。影は中空をただよいながら、力丸に近づいていく。

そしてゆっくりと、黒い霧となって力丸を覆った。

眠たげな顔が闇に包まれる直前、力丸はきょろりと瞳を動かして、狭霧を見た。

ああ、と狭霧は呻いた。

息子と同じ、あどけない眼差しだった。

熱に浮かされて喘いでいた、病んだ幼子の顔だった。

狭霧は腰を浮かし、力丸に向かって手を伸ばした。かまわず行者は神呪を唱え続ける。

黒い霧が完全に幼子を覆い隠し、凝《こご》って繭の形になった。酷薄な笑みを浮かべる行者の顔から汗が散り、印を結んだ両手に落ちた。

闇色の繭が、ドクリと脈打った。それきり動きを止めたかと思うと、煙のように頼りなくほどけていく。高く低く流れる神呪を聞きながら、狭霧は小刻みにふるえ始めた。

行者の唱える神呪がとぎれ、黒い霧が晴れた時、そこにはもう力丸の姿はなかった。

「転生は、成った」

行者が深く息を吐いた。自分が力丸に手を伸ばして何を言おうとしたのか、狭霧には分からなかった。謝罪のような気がした。やはり恨み言のような気もした。はっきりしないまま、生まれ育った筒井の里から消してしまった。この、自分の身を狙う行者を使って。

懇願し、泣いていたおりんの顔が目に浮かんだ。おりんは、狭霧のしたことを知れば決して許さないだろう。母親の気持ちは、狭霧もよく知っている。

ではなぜ、こんなことをした？　答えはひとつだった。

「……鷲王とあの人の命は、助かるのですね」

狭霧が尋ねかけた時、灯明の火がふっと消えた。閉めきった納屋には、月の光さえ入ってこない。

「約束を忘れたか」

質問に答えることなく、行者が覆いかぶさってきた。見えないのをもどかしがるように、たどたどしい手つきで狭霧の胸元をひらこうとする。菊花でかぶれた肌に布がこすれて、焼けつくような痛みが走った。

みずからの帯の背中に手をやりながら、狭霧はやわらかな声で呼んだ。

「行者さま」

「なんだ」

「行者さまに出会って、わたしは気づいたことがございます」

いとしげな吐息混じりに言う。

行者は話を聞こうとして、狭霧の乳房から顔を離した。

狭霧の袖がひらめく。その手に灸さじがあった。

行者がよける暇もなかった。灸さじの柄があやまたず、行者の眼《め》にふかぶかと突き刺さった。

仕留めた、という鋭い確信が狭霧の全身を駆けぬける。

蹴り上げると行者の体はあっけなく向こうへ倒れ、弱々しく痙攣した。口が大きく開いては閉じ、嘔吐《おうと》の前触れに似た呻きをかすかに漏らす。残された片方の眼に、怒りと驚愕《きょうがく》が浮かんでいる。そのさまが、闇の中でも狭霧にははっきりと見えた。

「竹藪から夜道を走って帰る時、気づきました。わたしは何の灯りもない場所でも、ものの形が分かるのです。今まで、物の怪が見えることにばかり気を取られていたけれど」

昨夜、行者に正体を知らされて逃げてゆく時、夜空に黒雲がひろがって月を覆い隠した。それでも狭霧には、道や水路や建ちならぶ民家が、まるで満月の下にあるかのようにくっきりと見えていたのだった。だからこそ、速度をゆるめず田にも落ちず、家まで走り続けることができたのだ。

「もっとも……あなたに正体を知らされたために、狐の力がよみがえったのかもしれない」

行者は答えず、動かなかった。狭霧は、深く静かに溜息をついた。ほとんど微笑みに近いほどの、安堵の表情がその口元に浮かんでいた。

幅広の帯に隠しておいた灸さじは、柄が三寸あまりもある。左眼からされこうべの奥まで突き刺さっているに違いなかった。

狭霧は着物をなおし、外に人の気配がないのを確かめてから、木戸を開けた。

月明かりが差して、行者の姿を照らした。

左眼から灸さじの丸い部分だけが飛び出た顔は、深い皺のきざまれた、みにくい老人のものだった。

納屋の中を見回すと、行者の背負っていた笈が隅に置かれていた。狭霧は灯明皿や鏡を、笈の中にしまった。小さな祭壇も、折りたたむと笈の中におさまった。納屋の裏に咲いている、小菊の花をちぎって胸になすりつけた。しばらくそうしていると新たなかぶれができて、もとの梵字の形が分からなくなった。

そこまで手早くすませると、狭霧は行者のからだに笈を背負わせ、細身に似合わぬ大力で担ぎ上げた。道に出ると、そのまま身軽に駆けた。柑子畑の角を曲がって、空き地で無造作に投げ捨てる。明け方になれば、鴉《からす》が穴の開いた左眼から食い散らかしてくれるだろう。

「あなたについてゆく気など、はじめからなかった」

月光を受けて転がる、老いた男の死骸に告げた。灸さじを引き抜くと、うつろな眼《がん》窩《か》から黒ずんだ血がとぷりと流れた。

狭霧は振り返らず、足音を忍ばせて家に戻った。義伯も鷲王も、まだ眠っているはずだ。

――鷲王は体を冷やしていないだろうか。

はじめて人を殺《あや》めた直後にもかかわらず、狭霧の思うことはいつもの夜更けと同じであった。

家に入ると、みな眠りこんだままだった。狭霧は、義伯の隣に横たわった。

こっそり、義伯の大きな手を取った。うす青い夜明け前の光がひろがって、かまどのあたりで炊事番が起き出す気配がするまで、ずっとそうしていた。

目を覚ました義伯と使用人は、笛の音を聴いて全員が朝まで眠りこんでいたことに気づき、ひどくおどろいていた。しかし、その直後から鷲王がとつぜん快復しはじめたので、神仏による奇跡ということになった。もちろん、本当の原因は力丸の亡魂が消えたことに外ならない。

神仏による奇跡。あるいは春日大明神の功徳力。この能天気な結論が出るのに、狭霧のたくみな口添えがおおいに寄与した。義伯は少しばかり不審げな顔をしていたが、息子の病が良くなると心身も癒え、笛の音について考えることもなくなった。

行者のからだは、鴉に食い荒らされているところを里人に発見された。それが数日前に里へ流れてきた若い修験者だと、気づく者はいなかった。

行者は、年老いるまで遍歴に身をささげた尊い修験者として、行き倒れにしては丁重に、寺に葬られた。

狭霧は、肌の湿疹《しっしん》をためらうことなく夫に見せた。二度目に塗りつけた菊花の汁のせいで、かぶれはとりとめのない形に広がって、梵字などとうに消えていたからだ。

「これは、治るのに日がかかりそうだ。なにか、普段と違うことをしたか」

義伯の問いかけに、狭霧は首を振った。

「いいえ、心当たりはありません。むずがゆいと思っているうちに、いつのまにか」

義伯は巻物をひろげながら、「食あたりの一種か？　この前食べた田螺《たにし》の味噌《みそ》煮《に》がいけなかったか」などと言っている。

肌の湿疹は、原因が分からないまま貼り薬で治療するのはよくあることだ。ましてや、菊花の汁をわざと塗ったなどと、言わねば分からない。

思えば、見鬼の才を黙っていた幼い頃から、自分は義伯に嘘をついていたのだ。

狭霧はそう思うことにした。

ある晩、寝衣に着替えるさい、狭霧は自分の肩から十本余りの金色の毛が生えているのを見つけた。

まとめて指でつまむと、簡単にぬけた。

格子窓のすき間から風に放つと、金色に光りながら散っていった。

――みずからの正体に気づいたからには、もう人ではいられない。

行者の声が、脳裏によみがえった。

自分は、いつまで人でいられるのだろう。

狭霧は寝衣を着ると、すっかりふくよかさを取り戻した鷲王の寝顔を指でなぞった。

先に床に入っていた義伯が、寝ぼけ眼で腕を伸ばして、狭霧の髪を撫でた。


翌年、尾張《おわり》の城でひとりの男の子が産声《うぶごえ》を上げた。

その母の顔を狭霧が見たならば、行者の鏡に映った打掛の女だと、すぐに思い当ったことだろう。そして、生まれた乳飲み子から湧き上がる、力強い精気にも感づいたに違いない。

吉法師《きっぽうし》と名づけられた乳飲み子には生後間もなく強靭な歯が生えそろい、幾人もの乳母が乳房を噛み千切られた。成長して少年期を迎えた頃には、三百人もの私兵を従えて野山で長槍を振るい、模擬戦に明け暮れていたという。

人並みはずれた生命力と、何かに激しく怒り続けているような攻撃性を兼ね備えたその少年は、少壮に至ってのち尾張一国を平らげ、行者が予言した通りに天下に覇を唱える。やがては順興の孫である順慶《じゅんけい》を長く臣従させることになるが、それはまた別の物語である。

第五話　オロチと巫女

出雲《いずも》の国に、玉造《たまつくり》という里がある。

川の水がとうとうと流れこむ、淡水混じりの大きな入り江に面した里だ。

玉造の名は、里の生業に由来する。

里の東にそびえる花仙山《かせんざん》では、メノウや碧玉《へきぎょく》が採れる。いずれも磨いて穴を開け、丸玉、勾玉《まがたま》、管玉《くだたま》に加工する。

入り江の貝から稀《まれ》に出てくる真珠は、小さければ漆塗りの櫛にくっつける。大きければ穴を開けて腕飾りや首飾りにする。

そうしてできた玉の装飾品は、重要な交易品にもなる。盆地に王族や豪族がひしめく倭《やまと》、海を隔てた伊都国《いとこく》、さらには新羅《しらぎ》や加耶《かや》へも運ばれていく。

玉造の里長《さとおさ》は、玉造り職人でもある。先祖のトヨタマノミコトという神が、玉造りの名手だったからだ。

――いくら里長でも、ここまで大きい墓が要るのだろうか。墓と言うより丘だ。

ミワは今、花仙山の斜面から四角い墳墓を見下ろしている。

一辺の大きさは、ミワの脚で二十歩ほどもある。高さは人の背丈ほどありそうだ。

切れ込みの入った裳《も》が朝の風になびく。細く引き締まった脚が絹から見え隠れする。

――屋敷も、やたら広い。

墳墓から西側の平地へと視線を移す。

北の入り江へ流れる川の両岸に、里人の住まいや玉造りの作業場が集まっている。

里長の屋敷はその中でもひときわ目立つ。

濠《ほり》を四角に巡らせた敷地に草葺《くさぶき》の建物がいくつも並んでいる。一番大きくてちゃんと壁もあるのが里長の住まい。小さくて、地面から直接屋根が生えたような竪穴《たてあな》住居が奴婢《ぬひ》の住まいだ。

里長の屋敷は、玉造の集落に生まれたもう一つの小さな集落に見える。

にぎやかなことだ、とミワは感心する。

――わたしは……巫女《みこ》は、花仙山の岩屋《いわや》にたった一人で寝起きしているのに。

玉造の巫女の家系は、アメノウズメの子孫だ。

遠い昔、太陽の女神アマテラスは弟の乱暴ぶりに怒り、天岩戸《あまのいわと》に引きこもった。

この時アマテラスをおびきだすために踊った女神がアメノウズメであり、舞台装置として赤く大きな勾玉を造ったのがトヨタマノミコトであった。

つまり、玉造の里長と巫女は、先祖同士が盟友なのだ。

――里長の暮らしはにぎやかだけれど、わたしの踊るソラマイはさびしい。

玉造の巫女の踊りをソラマイという。

巫女の家系の少女のうち、短期間でソラマイを習得し、日に二度踊れるほどの力を得た者のみが巫女となる。

ソラマイは「空舞」あるいは「宙舞」と書く。跳躍し、両足を同時に地面から離して舞う。アメノウズメと同じ舞い方だ。

巫女は舞い踊りながらその身に神を宿し、花仙山の神の言葉を告げる。

花仙山のどこに碧玉やメノウの鉱脈が眠っているか。

危険な落石の起きる場所はどこか。

川沿いと入り江沿いに湧く出《い》で湯《ゆ》をどのように管理すべきか。

いつどのように貝を獲れば多くの真珠が得られるか。

この地で生きるための知恵を神から授かるには、巫女のソラマイが必要なのだ。

――このような易しき舞、なぜ姉さまたちはできなんだのか。

墳墓のそばに敷かれた石の上で、ミワは踊りはじめた。

ミワにソラマイを教えたのは母方の叔母たちだ。二人とも男と交わらず、子を産まずに踊り続け、ミワと三人の姉にソラマイを教えた。

一人目の姉は高く跳べなかった。

二人目の姉は習得する前に男を知って資格を失った。

三人目の姉はみんなに見られながら踊るのが恥ずかしいと泣いた。末娘のミワだけが、叔母たちからソラマイの巫女になることを許された。ミワが十三歳の時だった。

ソラマイの巫女は特権的な存在であり、妻にも母にもなれぬ存在でもある。

ミワは、それをよく知っている。

姉たちの誰よりも美しい勾玉と丸玉を胸に飾って、手首は青い管玉に取り巻かれている。朝焼けの頃に踊れば、肌に映える玉の照りにうっとりする。

巫女に献上される絹の衣や朱漆塗りの櫛、焼き魚や木の実なども好ましい。夫や子の世話、田畑の世話に追われる姉たちよりも、自分の方が身に着ける物や食べる物に恵まれている。洞窟を利用した岩屋は、草葺屋根より雨がしのげる。入り口には獣《けものよ》除けの柵もある。

だが、今の暮らしが楽しいとは思えない。

――昔の方が楽しかった。姉さまたちと毬遊《まりあそ》びをして、疲れるほど笑った頃。上手に舞えば里の皆が『巫女になれるぞ』と喜んでくれた頃。

巫女となって岩屋で寝起きするようになってから、声を出して笑った覚えがない。叔母二人も笑わない女たちだ。

──わたしの喜びは何だろうか。

自分でも分かっている。誰かと踊って笑って暮らしたい。

雲雀《ひばり》の声が春を告げる。

自分は春、雲雀の鳴く頃に生まれたと母親から聞いた覚えがある。

十八歳になったのだ。

岩屋で暮らし、青銅の鉦《かね》で里長に呼び出されては屋敷や里の広場で踊る日々が五年続いていることになる。

──あと何年だろう。姉の娘たちが巫女になれるとして、あと七、八年か。

想像もつかぬ未来に足を取られるような気がしてきた。

──踊るか。

そもそも、体がなまらぬよう練習するためにここへ来たのだった。ミワは時間をかけてあちこちの関節をほぐすと、敷石の上でトン、トン、トンと拍子を取った。

両腕を広げ、両脚を一直線に伸ばして跳ぶ。

石に着地してつむじ風のように旋回する。雲雀の声が降りかかる。

隙間風に似た誘惑が兆す。

練習ではなく、この場で本気で踊り続けようか。

短時間のソラマイならば練習がてら数え切れぬほどしてきたが、神が降りてくるほどのソラマイは誰も見ていない時にはしたことがない。神の声は里長とその一族に伝える必要があるからだ。

だが、今のミワは止まらなかった。

頭のてっぺんから何かが突き通される感覚が続く。神が宿る。

全身の動きが緩やかになり、喉の奥から声がせり上がる。

――いいではないか。わたしだけが神の声を聞く時があったって。

どこか他人事《ひとごと》の気分で、ミワは自分の喉が発する音を聞く。

「ソラマイは終わらない。だが、ソラマイの恵みは終わる」

こぼれた声はそれだけだった。

ミワは石の上に座りこみ、神から下された声を吟味した。

――どういうことだ。ソラマイの恵みが終わるとは。

玉造の里に神の言葉が降りてこなくなるのか。

それとも、ミワに許された特権が終わってしまうのか。

「見たよ、聞いたよ。ミワ」

声がした方を反射的に見上げた。大きな岩の上に女が立っている。

見知らぬ女だ。袖のない衣から柔らかそうな二の腕が伸びている。男のような袴を穿き、足首には青い丸玉を巻きつけ、開いた胸元に同じ色の管玉を連ねている。

髪が短い。よそ者だ、とミワは判断した。

「誰だ。この里の人間ではないな」

「おお、分かるのかい」

「馬鹿にするな。ソラマイの間、周りの里人の顔をちゃんと見ているんだ。そんな髪の短い者はいない」

女は両手を上げて降参してみせた。

「悪かったよ。よく見てるんだね」

「どうして髪が短い。小さい子みたいだ」

里では、男も女も髪を結っている。男は顔の左右で美豆良《みずら》にして、女は頭上でひとまとめにして髻を結う。

「色々あるんだ。さっきミワが、一人でソラマイをしたみたいにね」

「里長に告げ口するのか」

もしそうなったら、とぼけるしかない。

「あたしは玉造の里長は好きじゃない」

吐き捨てるように女は言った。

「一人でがんばってる玉造の巫女に会いに来たんだよ。時々だけど見てたんだ」

女は袴の膝を大きく曲げたかと思うと、岩から飛び降りてきた。かなりの高さだったが、着地した女の足取りは軽い。ずい、とミワに近づいた。

「あたしはナガ。よそ者のナガだよ」

「ナガのいる里は、みんな髪が短いのだな？」

「そうとも限らないんだがなあ。まあ、そのうち分かる」

手を取られた。ナガの体が揺れて、ミワの体も自然と動いた。袴を穿いたナガの脚と、裳から剝き出しになったミワの脚がぶつかりながら地を踏んだ。

「あたしに合わせればいいよ。先祖から伝わる踊りなんだ」

――ナガの先祖って誰だろう。

手を引かれ、時に背を支えられ、時にはナガと距離を取ってミワは舞った。

ソラマイとは違う。

二人で踊るのが前提の動きだと感じる。

「今日はこのくらいにしておくか。ミワが疲れるといけないからね。ああ疲れた」

突然ミワの手を離して、ナガは地面に寝転んだ。

――ソラマイの巫女に『疲れるといけない』だと？

無礼者、ではないかもしれない。実際に膝がいつもより張っている。

「一緒に舞う相手がいなくてさ」

ナガがミワのもとに来た理由は、それであるらしかった。

「一緒に踊ってくれる相手は大事だ。だから、あたしがミワを手助けするからね」

「会ったばかりで何を言う」

「んん、そう返されると困るね。どうやって信じてもらおう」

「じゃあ一緒に考えてほしい。さっきのソラマイで出た、神の言葉は何だろう」

「ミワを呪う言葉じゃない。花仙山の神は、大事な巫女を呪わない。安心しな」

まるで神と面識があり、気心が知れているかのようだ。

雲雀の声が響く。

花の香りが風に乗って二人の周囲をめぐった。

――誰かとゆっくり過ごすのは、久しぶりだ。

よそ者が練習の場に踏みこんできたというのに、ミワは安らいでいた。

「ナガ。またここへ来る？」

「来るよ」

ナガの返事を打ち消すかのように、澄んだ鉦の音が鳴り渡った。

里長の屋敷からだ。

青銅の大きな鉦は独特の音で、里人にも分かる。今からソラマイの巫女を呼んで神おろしを行う、と。

「さっきの神の言葉は気にせず行ってきなよ。神はミワに害をなしたりしない」

——また、何か知ってるみたいなことを言う。

不審ではあるが、ナガが嘘を言っているとは思えない。

「きっと来て」

出会った時とは違う柔らかい口調で、ミワは里へと斜面を下りはじめた。

＊

疲れないように、というナガの配慮は的確だったようだ。

里長の屋敷で花仙山の神の言葉を告げてソラマイを終えた時、ミワは珍しく息が上がっていた。

——神が降りてきたのは良かったけど、いつもと感じが違う言葉だった。

今回ミワの口を通して神が告げた言葉は「オロチが来る」であった。

それきりで言葉のほとばしりは終わり、神の気配は霧散してしまった。

敷石に立って奴婢の女たちに汗を拭いてもらっていると、里長が近づいてきた。首飾りを二重につけ、腰から玉の帯を垂らしているのでジャラジャラと騒がしい。

「おう、おう。巫女の肌を流れる汗が玉のようだの」

白髪交じりのひげを手でしごきながら、里長は言った。

――またか、こいつ。

ソラマイが終わるたびに、ミワの外見について何か評する。いつものことだ。ミワは無視して、首筋の汗を拭いてくれる奴婢のために頭を傾けた。

「拭き終わったか。どれ」

里長が奴婢の手から布を奪い取る。何のつもりだ、とミワが思っていると、里長は汗で湿った布を果実のごとくしゃぶりはじめた。

「どの妻の汗とも違う。巫女の味じゃ」

ミワはかろうじて平静を保った。

――踊りでこいつを殺したい。

巫女の資格の一つが男を知らぬことである以上、里長が巫女に触れることはない。

しかしいつもそれ以外の手段で、里長はミワの誇りを汚そうとする。

先祖同士が盟友だろうと知ったことではない。高く跳べるこの脚で、里長の口をちぎれた首飾りのごとく破壊したい。

——ナガなら巧《うま》い蹴り方を知っているだろうか。

「ぼんやりするな。先ほどの神の言葉はどういうことだ」

鉄剣の鞘で肩を押された。痣《あざ》になったらいやだ、と思いながらミワはよろける。

「父上、父上」

小声で割って入った二人組は、里長の息子たちだった。里人から「一の若子《わくご》」と呼ばれる長男は十八歳、「二の若子」と呼ばれる次男は十三歳だったか。

「巫女を丁重に扱わねば神の怒りが下ります。父上はご存じでしょうに」

「兄上のおっしゃる通り。母上が心配しておられます。奴婢たちも不安そうです」

長男と次男から相次いで注意され、里長は舌打ちして剣を腰に戻した。

「お前たち、あの神の言葉を聞いておったのか」

「それは、もちろん」

長男が言い、次男が身を乗り出す。

「『オロチが来る』だけでは何とも言えません。様子を見ませんか」

「馬鹿が！　このままではヤマタノオロチのような恐ろしい化け物が里を襲うぞ」

　里長が地団太を踏んだ。

「この出雲ではヤマタノオロチが娘たちを喰《く》ったのを忘れたか。倭から来られたスサノオノミコトが退治してくださったのを」

　里長がいきり立ち、長男と次男は顔を見合わせる。

「父上。『忘れた』だの『忘れない』だのではなく、ヤマタノオロチはずっと昔の化け物でしょう。我らが生まれるずっと前の」

　長男は里長に「目で見た事実と言い伝えを混同するな」と言いたいようだ。

「それに、ヤマタノオロチを倒したのはスサノオノミコトだ……という話は、倭から交易に来る使者どもが主張しているだけです。実際の出来事はよく分からないのに、困ったものだと私は思っております」

「兄上のおっしゃる通りです」

　次男がまた兄に同意した。

「父上は倭の王族から立派な銅の鏡をもらったから、そしてそれを見て里の人間がびっくりして拝むから、つい倭をひいきしておられるのです。あんな鏡、家来になった印なのに」

「何だと！」

「弟よ、せめて友好の印と言え」

「友好だなんて、我らの領地を物にしたい奴らの建前でしょう。兄上、ここは譲りませんからね」

三人が唾を飛ばして言い合いを始めたので、ミワは（汚いな）とうんざりする。それでも、里長の息子たちがかばってくれたのは有り難い。

「ミワ。もう岩屋にお戻り」

騒がしすぎると判断したか、里長の一番目の奥方が庭に出てきていた。

「すまないね。神の言葉の意味など、巫女を問い詰めても仕方ないのに」

「奥方様が謝ることなど……」

「湯にも入っていくと良い。新しい湯浴《ゆあ》み着《ぎ》を持たせよう」

奥方の後ろから侍女が進み出て、ミワに畳んだ湯浴み着を手渡した。

薄く柔らかな布地で作られた湯浴み着は、出で湯から上がった体を保温しつつ水気を吸い取ってくれる優れものだ。

「ありがとうございます。奥方様」

花仙山には歴代の巫女専用の出で湯がある。ミワの他に来るのは巫女を引退した二人の叔母くらいなので、落ち着ける場所だ。

――里長以外は真っ当だから、この人たちを殺しては駄目だな。

怒りが多少は収まっていくのを感じながら、ミワは里長の屋敷を出た。

岩屋の近くにある出で湯で、早く身ぎれいになりたかった。

*

山裾の道は少し明るい。木の間から、里を南北に流れる玉湯川《たまゆがわ》が見えた。あの大きな川が入り江に流れこんで、海水と淡水の混じった豊かな漁場となるのだ。

――泳いで入り江から外海へ出ていったら、気持ちいいだろうか。

ミワがそんな空想をしたのは、早くこの身を洗いたいと思っているせいだ。自分の汗が染みた布をしゃぶる里長の口元を思い出して、頭を大きく振る。里長の言動はこのところ特にひどい。

――殺すまで行かなくても、早く死ぬか息子に代替わりしてほしい。

かばってくれた二人の息子たちは歳が離れている。おそらくはしきたり通り、長男が次の里長になるだろう。

そうなったら、少しは楽だろう。

自分が一人きりなのも、笑わない暮らしが続くのも変わらないけれど。

もうすぐ出で湯に着く。鼻先に触れる空気が湿っている。歩みを速めたミワは、すぐに足を止めた。

大きな岩のそばで黒いオロチがのたうっている。

ただの蛇ではない。胴が人間の二の腕よりも太い。

オロチは全身をうねらせて苦しんでいるようだ。よく見ると、尻尾のあたりに緑色の小さな蛇が絡みついている。

――何だ……？

緑の蛇体の左右から、薄赤い茸に似た器官が生えている。それが雄の生殖器官だと気づいた直後、ミワは足元の小枝を拾っていた。

「あっちへ行け！」

小枝を投げつける。緑の雄蛇はこちらに見向きもせず、らせんを描いて黒いオロチに巻きついている。

ミワは今度は小石を投げた。それでも効果がない。

――オロチが嫌がってる。

見捨てたら、自分を見捨てるような気がした。里長のねばつく視線を受けた時の嫌悪感がミワを動かしていた。

オロチが鎌首をもたげる。青く長い舌を吐き出しながら、雄蛇をくっつけたまま尻尾を大きく振った。

黒と緑の蛇体が岩にぶつかって、鈍い音がした。何度も岩に打ちつけられた緑の雄蛇が地面に落ちる。黒いオロチが岩の頂上へと逃げる。

地面でのたうちながらもオロチを見上げる雄蛇に向かって、ミワは怒鳴った。

「しつこいぞ！」

ミワの存在をようやく認識したのか、緑の雄蛇はひどく鈍った動きで草地を這い、ゆっくりと玉湯川の方へ下りていった。

——行った。

オロチ一匹助けたところで何かが変わるわけではないが、一抹の達成感があった。

「二度とやるなよ」

雄蛇の消えた方角へ向けて独り言を言い、オロチはどこへ行ったかと振り返る。黒いオロチは岩の上に寝そべって、体を震わせていた。

「ど、どうした……」

迂闊《うかつ》に近寄っては危ない。距離を置きながらも見守っていると、震えるオロチの体がだんだん膨らんできた。色も黒から灰色を経て、さらには白くなっていく。

腰はくびれて肩は張り、細い首と丸い頭が現れた。袴を穿いた髪の短い女だ。

「ナガ。ナガなのか？」

両手を差し出してみる。二人で踊った時と同じように手を取られて、やっぱりナガだと確信する。

「あたしだよ。よそ者のナガ、ミワと踊ったナガ」

確かに「里の人間」ではない。

「ナガはオロチだったのか」

出雲はおかしな国だ。ヤマタノオロチは人の嫁を求め、黒いオロチは女になって巫女と踊る。それとも他の国でもあることなのか。ナガは答えず、ミワの手を取って悲しそうな顔をしている。

「どうしたの」

「助けられたよ、ミワ」

「わたしは何も。ナガは自分の力であいつを追い払った」

「心を助けてもらったよ」

「ナガ。わたしは、わたしの心も助けたかったのだ」

「どういうことだ？」

雄蛇にまとわりつかれるオロチの姿が自分と重なって、やむにやまれず動いた。そのことを思い出して、ミワの目に涙があふれる。

「ミワ？　ミワ？　嫌だったのか。オロチといるのは嫌か？」

そう聞きながらも、ナガはミワの手を離そうとしない。

「ナガぁ」

幼子のように名を呼んで、ミワは本格的に泣きだした。こんな風に声を上げて泣くのはいつ以来なのか、自分でも分からない。

「泣くな。泣いたら疲れるぞ」

ナガの言うこともっともなのだが、涙の止め方も分からない。

「岩屋に帰るんだろう。付いていってやるから」

頬や顎から涙を散らして、ミワは訴える。

「出で湯に行こう。ナガも」

「出で湯？　ああ、持ってるのは湯浴み着か。しかし、オロチは冷たい水の方が好きなんだが……」

見上げると、ナガと目が合った。

泣き止んでいる自分に気づく。ナガが柔らかく目を細めた。

「いいよ。あたしも行こう」

抱き寄せられると、人とは違う土の匂いがした。それでも、ミワはナガを強く抱き返した。

＊

森の若葉が湯けむりにけぶっている。

肩まで湯に浸かって、ミワはぼんやりと空を見上げた。まだ日は高い。湯の表面に光がきらきらと躍っている。

「いい湯かい、ミワ」

ナガは湯に入らず、そばに座っている。いきなり体を温めると良くないので、まずは湯けむりで慣らしたい、とのことであった。

「とてもいい。入っていると肌が生き返る」

「うん。きれいだ」

ほぼ透明な湯を通して、ナガが自分の肌を見ている。身の内で梢《こずえ》がそよいだような戦《おのの》きをミワは感じた。その正体が何なのか、自分はおそらく分かっている。

「ナガは入らないのか」

「本当に入っていいのか。巫女のための出で湯だろう、ここは」

「おいでよ。もし叔母たちが来たら、ナガがオロチに戻ればいい。オロチなら、巫女以外の人間が入ったことにはならない」

「そう来るか」

ナガがするりと衣を脱いだ。ミワのそれよりも豊かな乳房が揺れる。袴の紐を解《ほど》くと、鱗《うろこ》に似た銀色の光沢が布地にゆらめいた。

「袴が光った、ナガ」

「鱗みたいなものなんだよ。あたしの肌も衣も」

口の広い器で湯をすくい、ナガは体を洗いはじめた。水をはじく肌には半透明の鱗がところどころに見える。

「髪も鱗みたいなものだ。だから人間の女みたいに伸びてくれない」

残念だ、とミワは思った。ナガが踊りながら髪をなびかせたらきっときれいだ。

「ミワみたいになれたらと思うよ」

岩壁の隙間から生えているスミレを一輪抜くと、ナガはミワの髪に挿した。

——そういうのは男がやって、女を喜ばせるもんだ。

知識とは違っていても、ミワの心は歓喜に躍った。

「うわあ、思ってたよりぬるい湯だ。もっと早く入れば良かった」

ナガの胸の膨らみが湯に浮いている。もともと丸みを帯びていたが、湯に入ると卵のようにさらに丸くなる。

「痣だ。ひどい目にあったね」

視線を受けて自分の肩に目をやると、里長に鞘で突かれた部分が青くなっていた。

「ミワのところの里長はだんだん変になってるね。歳を取るごとに」

「うん。息子たちは、普通……だと思う」

里を出た経験がないので、ミワは「普通」がよく分からない。

「あの里長はね、二人の息子たちを妬んでいるんだ」

「どうして？　里長の方が偉いのに」

「ミワはまだ十八だから分からないか」

湯をぱしゃぱしゃと弄びながら、ナガは苦笑する。

「いいかい。息子たちの方が若くて、美しい。まずそれは分かるかい？」

「それは分かる」

「そして、息子たちの方が若い女たちに好かれている」

「とても分かる。里の女たちの見る目が違う」

「ミワは里長の息子たちが好き？」

「まともだから嬉しい。でも、一緒に出で湯に浸かりたいのはナガ」

「あっははは。そうか」

頰を紅潮させせ、白い喉をのけぞらせてナガが笑う。何か嬉しいのだろうか。

「話を戻そう。若さだけじゃない。息子たちはまあまあ仲が良いだろう？」

「うん。二の若子の方が威勢が良くて、一の若子が『こらこら落ち着け』と言って抑えてる風だ」

「里長はね。若い頃、歳の離れた弟を殺して里長になったんだよ」

青痣を手で覆って、ミワは身震いした。湯が跳ねて波紋が広がる。

「自分で手を下したんじゃなく、子分に殺させたんだ。倭に大量の勾玉を送った、って疑いをかけて。濡《ぬ》れ衣《ぎぬ》ってやつだね」

「どうして」

「里長の弟は、威勢が良くて頭の回る子だった。ちょうど今の二の若子みたいに」

会ったこともない里長の弟を、ミワは可哀想だと思った。

「でも、ナガ。今の里長の息子たちは仲が良いよ。言いたいことが同じ時も、食い違ってる時も」

「うん。だから里長は、一の若子も妬んでいる。聡《さと》い弟とうまくやれるのも、また聡さだものね」

「……どうしてナガは、そこまで知ってる？　嘘を言っているとは思わないけど」

「変な話になるけど、あたしを嫌わないかい」

「ううん。嫌わない」

ミワは両手でそっと髪を探り、ナガのくれたスミレを外した。それをナガの耳に挟む。こうすれば好きだと分かってくれるかもしれない。

「くすぐったいよ、ミワ」

文句を言いつつ、ナガは楽しそうだ。

「あたしが色々と知ってるのはね。昔から、里長の寝床に忍びこんで女たちとの話を聞いてたからさ。これくらいのちっちゃな子蛇の頃から」

ナガは両手で、鴉が翼を広げたくらいの長さを示した。それでも、蛇としては決して小さくはない。

「暗いと案外ばれないもんだ」

「ナガ、気色悪くなかった？　男と女のことなんか見に行って」

「そりゃ、楽しくはないけどさ。偉くて怖いお方に、里長の様子を知らせる務めがあるんだもの」

「偉くて怖いお方？」

「まあね」

もらったスミレを片手でひょいと外して、ナガはミワの髪に戻した。あまり話したくないようだ。

「ああ、あったまる」

ミワと同じように、ナガが湯の中で手足を伸ばす。

「髪を洗ってあげようか、ミワ」

体の芯をとろかす眠気を堪えながら、ミワはうなずいた。

「湯から上がったら、また一緒に踊ってくれる？」

「踊るよ。一緒に」

白い両手がミワの頬を挟んだ。自分の頬がナガの手のひらを押し返すのを感じる。

――わたしは今、笑っている。

ナガの目を覗きこむと、微笑む自分の顔が映っていた。

その日はもう、呼び出しの鉦は鳴らなかった。

岩屋に捧《ささ》げられていた果物と干《ほ》し飯《いい》を食べ、土の器で沸かした湯を冷まして飲み、二人は岩屋の奥で横になった。

毛皮がすべすべと肌に触れ、踊りで疲れた肢体を和らげてくれる。岩屋は途中まで細長く曲がり角もあるので、夕焼けの光はあまり入ってこない。

「ミワ。また蛇に戻っていいかい」

隣に寝そべるナガが聞いた。ナガの短い髪に手を差し入れていたミワは、そっと手を引っこめる。

「いいよ。わざわざ聞かなくていいのに」

「聞くよ。びっくりさせたくないからさ」

「ふふっ、ふふふ」

湯上がりに二人で踊った時と同じように、ミワは笑った。数年ぶりに聞く自分の笑い声は、母にも姉たちにも似ていない。それでも、寂しさではなく喜びをミワは感じていた。

ナガの体が大きくうねり、毛皮とぶつかる。袴を穿いていた脚が一つになり、細くなめらかになっていく。

「明るい場所ではあまり見せたくないね」

薄闇に青く細い舌が走る。先端が二つに割れた蛇の舌だ。

黒い鎌首をもたげるオロチの口元に、ミワは手を触れた。

「ナガ、黒くなった。肌は白いのに」

「気にするのはそこなのかい」

青い舌が指に触れる。

「もっと驚くとか、怖がるとか、されると思ってたよ」

オロチの口で額をつつかれ、ミワはのけぞった。たまらず毛皮に寝転がる。

「……ナガが、小さい雄蛇に襲われてる時の方が怖かった。あれがナガだと知らなかったのに」

「小さい分だけ手間取ったね。だがいつでも返り討ちにしているよ」

「……ナガ。わたしは、オロチの姿のナガも可愛いと思う。だから、雄蛇が憎かった」

「そうかい」

額を舌でつつかれた。少しくすぐったい。

「怖いのを見せてしまったね。忘れて、寝なさいな」

「明日も踊れる？　ナガの先祖の踊り」

「うん、踊ろう」

安心して目を閉じた。手にナガの鱗と舌が触れる。

もう一人ではないのだ。

*

翌朝、起きて間もない時分に呼び出しの鉦が鳴った。曇り空も相俟《あいま》って、ミワは憂鬱な気分になる。

「ナガといたい」

人に戻ったナガにもたれかかる。ソラマイそのものは嫌いではないのに、離ればなれになるのは気が重い。

「行っておいで。うまく忍びこめたら見ているから」

「うん」

ナガの本性はオロチだ。見つかったとしても、襲おうとする里人はまずいない。

「そうだ、ナガ。昨夜岩屋を抜け出してどこかへ行った？」

獣除けの柵をすり抜けていく音を夢うつつに聞いたのだ、とミワが言うと、ナガは遠くを見ながらうなずいた。

「ちょっと腹が減ってね」

鳥でも捕って食べたのだろうか。二人暮らしになったのだから気を遣わねば、とミワは思い至る。

「気がつかなくてごめん。ナガ」

「いいさ」

「踊って、美味《おい》しい物をもらってくる」

「よし、よし」

ナガに見送られて、ミワは春風の吹く山道を下った。屋敷にたどり着くと、門番がミワを見て「あっ」と言った。

「どうした？」

尋ねると、門番はミワに視線を据えたまま口を開いた。

「巫女どのは、今日は一段ときらやかなお顔をしておられる。まるで玉のようだ」

「そうだろうか」

そうならばきっとナガのおかげだ。

「何をなまけておるか！」

女たちに囲まれて、里長が叫んでいる。

「今日は里の広場でソラマイをせよ。新たな玉掘り場を神にお伺いする！」

——弟を殺させた男の老いた姿か。

可哀想だとは感じなかった。嫌だ、嫌いだ、という気持ちばかりがあふれる。この嫌悪は、ナガへの気持ちを知ったからこそ湧いてくるのだろうか。


花仙山の山際と玉湯川の岸の間に、里の広場がある。平たく大きな石の敷かれた石舞台が、ミワの踊る場だ。

石笛が鳴り、皮鼓《ひこ》の音が響く。楽人たちの奏でる音楽に、集まった里人たちは身を揺らしている。

石舞台への階《きざはし》を上りながら、ミワは里長の目論見を思った。

玉を掘るという危険な仕事も、神の指示ならば——ミワの口から出た神の指示ならば人々は従う。だから里長はここで踊れと命じたのだろう。

手荒く扱われ、うまく利用されている。

——耐えられる。一人ではない。

手首の管玉を鳴らして、ミワは跳んだ。石舞台を囲む里人がどよめく。いつもとは違う反応だ。

——いつもなら、神が降りるのを黙って待っているのに。

幾百もの目がミワを追う。爪先を跳ね上げると、老いた里人たちから悲鳴のような笑いのような声が上がる。喜びながら動揺しているのだ。

純粋に楽しそうなのは子どもたちであった。

「笑ってる、踊りながら笑ってる」

「巫女様が笑うの、初めて見たね？」

重大な発見をしたかのように、誇らしげに子どもたちは言い交わす。親たちに同意を求める。

——そうだよ。わたしは笑うことを取り戻した。

今までの里人たちは、神の言葉を待ち構えるようにしてソラマイを見ていた。しかし今日は違う。ミワの踊りそのものに熱中している。

——ナガが来て、一人ではなくなった。笑顔を取り戻した。

取り戻したのは笑顔だけではない。子どもの頃のような、自分の踊りが人に喜ばれる瞬間をも取り戻したのだ。

皮鼓の音が高まった。石笛が性急に鳴る。

「ソラマイの巫女が笑うなど！　許されぬ！」

里長が怒声とともに楽人の一人を張り飛ばした。使ったのはあの剣だ。

近づいてくる里長を避けもせず、ミワは踊る。理由は決まっている。踊りたいからだ。見守るナガの姿が見えなくても笑ってしまうほどに。

手首に巻いた青い管玉が砕け散った。

里長の振り回した剣が当たったのだ。

石舞台に崩れ落ちたミワは、転がって里長から逃れた。手首から血がわずかに落ちる。

「父上！　ひどい、巫女が何をしたというのですか！」

里長の次男が抗議しながら石舞台に駆け上がってきた。続いて長男も来て、背中にミワをかばった。

苛立たしげに息を吐き、里長は剣を振り上げた。

「見よ、巫女は男を惑わせておる！」

「馬鹿な、この巫女が何をしたと？」

長男を無視して、里長はなおも続ける。

「清くあるべきソラマイの最中《さなか》に笑って男に媚《こ》びた！　巫女は男を知ったのだ！」

違う、とミワは叫びたかった。怒りと驚きで口が回らない。

──自分の弟もそうやって排したのだ。ありもせぬことをでっち上げて。

「父上、ソラマイを妨げるのは不吉にして不敬でありましょう！」

抗議を続ける次男を、里長は指さして嘲笑した。

「はっ、何が不吉か、不敬か！　男に媚びる巫女こそ不敬だ」

ミワの体を後ろから押さえる者たちがいた。籠手《こて》に覆われた手の甲と指の皺で、年配の兵士だと分かる。里長が弟を殺させた時、手を下したのはこの男たちではないか
──と、ミワは思い当たる。

「一の若子。二の若子」

ミワの呼びかけに、里長の息子たちは振り返った。

「わたしを守らなくていい」

二人とも、失望したような、悲しむような顔をした。せっかく守ろうとしたのに、と思ったのだろう。

「守るのは、わたしでなくていい。わたしはもういい」

――自分の身を守れ。

それが二人の若子に言いたいことだった。願わくば、自分たちの味方を増やし、互いに仲が良いままでいてほしい。

――今までありがとう。

礼の言葉は口に出さなかった。これ以上言葉を交わせば、若子たちの立場が悪くなるかもしれない。

「巫女を縛れ。石打ちの刑に処す」

里長が宣言した。里人たちは不気味なほど静かだ。

*

体が重い。

踊る時や出で湯に浸かる時はあんなに軽い体が、地に立つ杭《くい》に縛られていると重くてたまらない。肉に縄が食いこんで、痛みに加えて痺《しび》れもひどくなってきた。

遠くに先ほどまで自分が踊っていた石舞台が見える。

痛みに半分以上支配された頭で、ミワは「くだらない」と思った。神の言葉を告げる巫女として美しい玉や衣や食物を与えられていた身が、里長の一声で罪人となる。自分が生きてきた世界は、こんなにもくだらない。

――巫女は男を知った、か。

里長の決めつけと無知を、ミワは軽蔑していた。女が笑うのは男のため、女が変わるのは男のせい、と信じて疑わないのだ。

杭の周りでは着々と石が集められている。

玉湯川の岸辺は丸い石ばかりなので、わざわざ花仙山の近くに杭を立てて、石打ちの刑のための角ばった石を探しているらしい。

――ナガは見てるかな。

今から自分は、石を投げられて殺される。痛いのも嫌だが、石で顔を潰されるのが一番嫌だ。

ただ、ミワには一つの期待がある。

――ナガ。オロチの姿で来て、一息に嚙み殺してくれるよね。

首を斜め後ろにねじ曲げて、花仙山のごつごつした岩肌を見る。このあたりは緑が少ない。

ミワは目を閉じて思い浮かべる。岩壁を滑り降りて黒いオロチが来る。恐れる里人たちの間をすり抜けて、杭に上ってきてくれる。あの強そうな顎なら、苦しむ間もないだろう。

里長の笑う声が聞こえる。

そうか、お前も石を投げたいか——と、里人の誰かに向けて嬉しそうに。

——ソラマイは終わらない、ソラマイの恵みは終わる。あの神の言葉は何だったのだろう。

姉の娘たちはまだ誰もソラマイを習得していない。

叔母二人が教えているが、あと数年かかると聞いている。

命の瀬戸際ではあるが、ソラマイの行く末を知りたいとは思う。

「精が出るね、里長！」

ナガの声が降ってきた。ミワは目を見開き、精一杯首を山へ向けた。

岩肌に袴を穿いた女が一人立っている。

ナガが、人の姿で刑場を見下ろしていた。

「髪がない」

「あの女、髪がない」

里人の動揺する声が届いたか、ナガは「あのなあ」と呆れ声を出した。

「短いだけで、髪はある。巫女と違ってずいぶん不敬だな、里人ども！」

不敬、という言葉が出た途端、人々の動きが止まる。

「あたしは花仙山の神。これまで巫女を通して知恵を授けてきたが、どうやら里長は恩知らずのようだ！」

悲鳴が上がる。里長は剣の柄に手をかけたまま震えだした。

――ナガ、花仙山の神の振りをしている！

ナガが神の怒りを受けるのではないかと、ミワは恐れた。そんな危険は冒さなくていい。噛み殺してくれればいい。

「こ、この女は、男を惑わせておったのです」

膝をがくがくと震わせながら、里長が近づいてくる。とうとう剣を抜いた。

「巫女に触れるな！」

ナガが一喝した。小石が岩壁から転がり落ちる。

落ちてきた大きな岩が、里長の姿を掻き消した。地響きで杭が揺れる。

岩の下から血が漏れる。血だけではない。魚のはらわたや泥に似た色も交えて、里長だったものが刑場の地面を汚していく。砂煙とともに異臭が鼻に入ってきて、ミワの喉に酸っぱい汁がせり上がる。

「ごめんよ、ミワ。こういうやり方しかなくってさ」

ナガが杭のそばに立って、黒曜石の刃《やいば》で縄を切りはじめた。解放されたミワの体を受け止めて「よいしょ」と肩に担ぎ上げる。案外肩幅が広い。

「人間の体は運びにくいね。蛇みたいに真《ま》っ直《す》ぐなら楽なんだけど」

「無理言わないで」

「ははっ。嘘だよ、嘘。ミワの体がいいよ」

死体の臭いもどこ吹く風で、ナガは笑った。

「ソラマイの巫女、ミワは花仙山の女神がもらい受けた！　以後、玉造の里は自らの力で玉と出で湯を探すがいい！」

入り江に届きそうなほどよく通る声でナガは宣言した。ソラマイの恵みは終わると。

――神の言葉の通りになっている？

考えこむミワを担ぎ直し、ナガは花仙山へと駆けだした。

騒ぎ立つ声が聞こえたが、誰も追ってこない。

「槍だけで弓矢の備えがないんだから、笑わせる。まあそれが幸いしたんだけどさ」

「ナガ、こんなに力持ちだった？」

「ミワ一人くらい担げるよ、オロチだもの」

「それだけじゃなくて。大きな岩を落としたの、ナガでしょう？」

「違うよ。花仙山の女神。あたしがしょっちゅう報告に行ってた、偉くて怖いお方」

「ほんとに？」

「嘘ついてどうすんの」

怪我をした自分と、自分を担いだナガ。やけに元気だ、と思うと可笑しい。

「待ってな、今から湧き水に連れていくから。傷を洗おうね」

うん、と返事をしてから、心配事を思い出した。

「ねえ、ナガ。神の振りをして、神は怒ってない？　わたしも一緒に謝る」

「この子は、自分の怪我だってまだ洗ってないってのに」

「だって」

スミレの咲く岩壁が見えてきた。岩の隙間から水がほとばしって、木漏れ日にきらきらと光っている。

「ナガ。わたし、自分で立てる」

「ああ。つい担いだまんまだった」

岩壁に近づいて、手首の傷を洗った。管玉ごと里長の剣で打たれた場所だ。何重にも巻いてあったため衝撃は緩和されたが、管玉の端で皮膚が傷ついてしまった。

「痛い……」

「汚れを流すためだ、耐えておくれ」

「耐える。治して、また踊る」

「そうだね。一緒に踊ろう。……ソラマイも、あたしに見せてほしい」

「見せるよ。ナガだけに」

傷口は幸い深くはない。治る傷だ。里長が剣を鞘から抜いていたら、手が落ちていただろう。

「ミワ。縄が食いこんだ部分も洗って」

「うん。手伝って」

ナガに体を支えてもらいながら、ほとばしる清水に腕や脚をさらす。

雲雀が鳴く。若葉が揺れる視界の中心にナガがいて、その瞳に自分がいる。

自分の生まれた時節をミワは美しいと思った。

「ずいぶんとご執心だね。我らよりもオロチに」

ナガの両肩から若い女の顔が一つずつ生えて、ミワは小さな悲鳴を上げた。

二人の女が背伸びをして、ナガの背後から覗きこんだのだ。

若葉色の衣と、水色の衣。女たちの衣は魅力的だが変わっている。袖にまで布地をたっぷり使い、蔦《つた》や川魚の模様が描かれて、里長の奥方や娘よりもずっと華やかだ。

「『我らよりも』？　あなたたちは……？」

ミワは二人の女を見比べた。いずれも髪が長いので、ナガの同類ではない。

「我は花仙山の女神、と言ったら分かるであろう」

若葉色の衣を着た女が言った。

「吾《われ》は玉湯川の女神。と言ったら分かるであろう」

「これ、お玉《たま》。真似をするでない」

若葉色の衣の女——花仙山の女神が、水色の衣をぴしりとたたく。

「お花《はな》よ、踊りや歌と同じじゃ。型にはめて己を表したのじゃ」

水色の衣の女——玉湯川の女神が若葉色の衣をたたき返す。息が合っている。お玉とお花とは互いの呼び名らしいが、まるで姉妹のようだ。

「お許しください！」

ミワは砂利の上にひれ伏した。

「こら、せっかく傷を洗ったのに」

ナガが叱ったがそれどころではない。

「何を許せと申すか」

花仙山の女神が、周りの若葉と同じ色の袖を翻して腕組みをした。

「ナガは、里人に対してあなた様を騙《かた》りました。お許しください、わたしが捕まったせいなのです」

「ああ、そのことか。手筈《てはず》通りだから、かまわんよ」

花仙山の女神が言った。

玉湯川の女神が「吾らで組んだ芝居じゃもの」と言い添える。

「あたしだけじゃあ、ミワを助けられないと思ったからね。急いでお二方に助けを求めて、一芝居打ったわけだ」

ナガはミワを立たせ、清水を手ですくって脚を洗ってくれた。

「ご、ごめん……」

「お二方に御礼を、ミワ」

「ありがとうございます。命を助けてくださって」

今度は立って、ミワは二人の女神に告げた。

「里長に当然の罰を下しただけのことよ」

花仙山の女神は何でもない風に続ける。

「優れた舞を見せてくれた、我の口となってくれた巫女を、言葉と力で傷つけた。巫女へなした害は、我の威光への害である」

今までで一番静かな口調だったが、ミワは女神の怒りを感じた。

「おお、怖い怖い。お花は怒らせると怖い。もし里人全員がミワをいじめていたら、花仙山から火の塊を噴き出しておったところじゃ」

「お玉よ、怖いのは我ばかりではない。火の塊は他の山も噴くのだぞ」

「知っておる、知っておる。川の氾濫より怖いという話じゃ」

大きな災厄について気軽に話しているが、二人の顔は花を愛でる少女のように穏やかだ。

「お玉と話し合ったのだがな」

お花――花仙山の女神が、ミワとナガの手を取った。

「花仙山の奥で、我らに舞を見せて暮らさぬか。一人でのソラマイも、二人でのオロチの先祖の舞も見たいのだ」

女神の手は冷たかったが、ミワの手は熱く紅潮した。

求められる喜びに、踊り続けられる喜びに高揚している。

「ナガとミワのことは、守るぞ」

玉湯川の女神が言った。

「行きます。ナガと一緒にいられるなら、踊れるなら、喜んで、行きます」

「あたしも行こう」

簡潔に言い切ってから、ナガは声を出して笑った。

好かれていると分かるとナガは笑うのだ、とミワは気づいた。

「これから何度でも、そうやってナガを笑わせてあげる」

「頼もしいな。あたしも、ミワをたくさん笑わせよう」

「我とお玉が守ろう」

「吾とお花が守ろう」

岩壁に咲くスミレがいっせいに揺れる。

咲く紫と萌《も》える緑の、ここが誓いの場だ。

花仙山の女神がミワとナガから手を離す。

両頬を手のひらに包まれながら、ミワは額にナガの口づけを受けた。

第六話　あなたと踊れない

――お母さんは、わたしのこと本当に好き?

湯に浮かぶ黄色いアヒルのおもちゃと見つめ合いながら、凜々子《りりこ》は数年来の疑念を持て余していた。

おもちゃのアヒルがゆらゆら揺れる。子どもの頃から数えて何代目だろうか。

物心ついた時から、凜々子の入浴時間にはアヒルが一緒だった。


風呂に関する最初の記憶は、五歳頃だ。

湯船の中には父親がいて、黄色いアヒルを持って「がんばれー。シャンプーがんばれー」と言っていた。

自分は湯船の外の洗い場で、母親に頭を洗ってもらっていた。

母親の着ていたTシャツと膝丈のジーンズ、小児用シャンプーのポンプから泡が出る音を覚えている。

目を閉じて、母親の優しすぎる手つきを頭皮全体で味わっていたことも。

泡を流してもらった後、母親のTシャツに描かれた狸を引っ張りながら、凜々子は聞いたのだ。「お母さんはどうしていつも一人でお風呂に入るの?」と。

凜々子はその頃、ようやく変だと気づいたのだ。

入浴に付き添うのはたいてい父親で、母親が付き添ってくれる時は必ず服を着たままだということに。

「私はね、お風呂に入っていると気持ち良くてぼんやりしちゃうの。ぼんやりしていて、凜々子ちゃんのお世話ができなかったら大変でしょう？」

「うん、そうだね。凜々子ちゃんのシャンプーをすすぎ残したり、溺れるのに気づかなかったりしたら大変だ」

真面目な顔つきで父親が言ったので、幼い凜々子は怖くなった。

「やだ、やだ。溺れるの、いや」

Tシャツを強く引っ張ったので、狸の顔が斜めに伸びた。

「わあ、凜々子ちゃん、痛いぞう」

母親が狸に成り代わっておどけ、凜々子はTシャツから手を離した。

「ごめんね。ポンポンちゃん」

Tシャツは狸が露天風呂に入っている絵柄で、小さく「湯波温泉」とロゴが入っていた。両親の故郷である湯波温泉郷のキャラクター商品だ。狸の腹鼓にちなんで、狸の名はポンポンという。

「お母さん。お風呂でぼうっとしちゃうのは、もしかして、病気なの？」

両親が三秒ほど黙った。

「大丈夫だよ。美衣《みい》ちゃんは、お風呂が好きすぎてぼうっとしちゃうだけ」

父親の言葉を聞いて凜々子は安心した。

「凜々子ちゃんは、優しいね。お母さん、凜々子ちゃんが大好き」

少し大げさに思えるほど、母親は嬉しそうだった。

母親と入れ替わるようにして風呂から出ると、父親が言った。

「大きくなったら、凜々子ちゃんも一人でお風呂に入った方がいいかもね。修学旅行とか」

「シューガクリョコーって？」

「学校のみんなで、先生に連れられて旅行に行くことだよ。その間は、大きな旅館やホテルに泊まるんだ。でも、お風呂はみんなと入らない方がいい」

「何で？」

「大きくなったらお母さんに似て、お風呂でぼんやりしちゃうかもしれない。お友だちや先生が呼んでも返事をしない、なんてことになるかも。心配かけちゃうよ」

「そんな風になるかなぁ」

疑問に思ったが、成長するにつれて不安も生じてきた。

なぜなら母親まで「修学旅行のお風呂、みんなと一緒で大丈夫？」と心配しはじめたからだ。

だから凜々子は、小学校でも中学校でも、そしてこの春卒業した高校でも、修学旅行では大浴場を避けた。

湯船でのぼせやすいので大事を取って——と説明すれば学校も級友たちも納得したが、内風呂で一人シャワーを使うのは少し寂しかった。


「凜々子ちゃん。シャンプー足りてる？」

外の脱衣所から母親が呼びかけたので、凜々子の回想は打ち切られた。それにしても声がいつまでも若々しい。

「足りてるよ。ボトルを持った感じだと、残り三日って感じ」

「ありがとー。詰め替え用、買わないとね」

言うことは所帯じみているが、この母親は風呂以外でも色々と不思議なところがある。声や外見が妙に若々しく、匂いや音に敏感なのだ。

高校二年生の頃、帰り道で酔っ払いに遭遇し、制服の肩に触れられ、しつこく道を聞かれて逃げるように帰宅したことがある。

すると母親は玄関で凜々子の顔を見るなり「知らない酔っ払いの汗だ！」と怒声を発した。般若面《はんにゃめん》のような表情であった。

母親曰《いわ》く、自分や夫の修司《しゅうじ》が酔った時とは違う汗の臭気を感じ、さては我が子にどこかの酔漢がからんだな、と思ったらしい。

母親は凜々子から酔っ払いの特徴を聞き出し、現場近くの交番に相談してくれた。以後は見かけなくなったので、酔っ払いの消息は分からない。

「ねえ凜々子ちゃん、お風呂の後、居間に来てくれる？」

「いいけど、何？」

「渡したいものがあるの。うふふ、恥ずかしい」

「何なの」

母親は妙に浮かれている。大学合格記念に凜々子の名義で銀行口座を作ってくれたばかりだが、まだ何かくれるらしい。

「じゃあ待ってるねー」

母親の鼻歌が遠ざかる。

歌詞は聞かなくても分かる。両親の故郷に伝わる歌だ。

　昔、昔も湯の里よ
　狸が尻尾振って導いた
　　信玄公はご満悦
　　矢傷も治す湯波の湯

　山に棲む狸が戦国武将の武田信玄に教えたのが湯波温泉の始まりであり、山梨県にいくつか伝わる「信玄の隠し湯」の一つとして大切にされてきた……という伝承をもとにした歌だ。

　——お母さんは天涯孤独だけど、故郷のことは好きなんだね。良かった。

　しかし、故郷の温泉郷が好きなら、なおさら入るはずなのだ。

　Tシャツでポンポンが入っているような、湯波温泉の露天風呂に。

　——体に傷痕があって見せたくない……というわけじゃないよね。それは知ってる。

　家族でプールに行った時、母親と一緒に着替えた。

　白く、美しい肢体だった。目立つ傷痕や痣などはなかったはずだ。

　——もしかしてお母さんは、わたしのこと、あんまり好きじゃないのかも。

　そんな疑念が湧いたのは、中学校に上がる頃だ。

ネット上の人生相談で『難産だった我が子を見るのがつらい』という表題の記事を見かけた。

悩みの要旨は「現在三ヶ月の我が子を可愛いと思うが、難産の痛みや苦しみを思い出して、世話をするのがつらい」というものであった。

回答には「どうか自分を責めないで。産後は心身が不安定なので、そのうち落ち着いてきます。一人での回復は大変ですから、医師や保健師にも相談を」とあった。

どうやらこの記事に出てくる赤ちゃんは本当に母親から嫌われているわけではないようだ——と中学生の凜々子は安堵したが、疑念も生じた。

もしや自分の母親も、何らかのつらさを感じているのではないか。

何か出産や育児に関するつらい気持ちがあるから、幼い頃一緒に風呂に入ってくれなかったのか。

——ねえお母さん。どうして？

凜々子は明日、大学進学のために家を出て京都に向かう。

母親の気持ちはとうとう分からないままだ。

脱衣所で髪を乾かして居間に向かうと、温かい麦茶が用意されていた。

両親はソファに並んで座り、凜々子に注目している。

「ちょっと、そんなに見るのやめてよ」

「娘の反応が気になるんだもーん」

母親は両手を膝に置いて、歌うように身を左右に揺らした。

「お父さんも気になるぞ。これ、京都に持っていってくれるかな？」

父親が、銀色の板状のキーホルダーをテーブルに置いた。

「あれ？　お父さんとお揃《そろ》い？」

キーホルダーのモチーフ部分は幅も長さも小指くらいで、ロゴにYUNAMIとある。父親が仕事用のバッグにつけている物とそっくりだが、半球状の水晶が一粒嵌《は》めこまれている点が違う。

「湯波温泉のお土産だよね、これ」

家族で父方の祖父母に会いに行った時、駅の売店などで見た覚えがある。

「何だっけ。ＰＯＰがついてた気がする。『山梨の天然石入り』って」

「そう、そう。お父さんの若い頃……二十年前は、石はついてなかったな」

父親が自分のキーホルダーをテーブルに置いた。間近で見るのは久々だが、小さな傷が目立つ。

まるで、両親がはめている結婚指輪のようだ。つけているうちに細かな傷が無数につき、ある種の風格を放っている。

「お父さんのは年代物だよね。土産物でロングセラーっていうのもすごいけど」

「天然石を嵌めこむようになってから、売り上げが伸びたらしいよ」

「ふーん」

麦茶をすする。口元が温かく甘い空気に包まれる。

「実はこの古いキーホルダーは、縁結びのお守りになってくれたんだ。僕にとっても美衣ちゃんにとっても、大事な記念品」

父親の隣で、母親が照れくさそうな顔をする。

「修司君がバッグにつけてるのを見て、『湯波温泉のご出身ですか？』って私が聞いたの。それが付き合うきっかけ」

「初めて聞いた！　どうして黙ってたの？」

出会いは母親が勤めるカフェだとは聞いていたが、キーホルダーがきっかけとは知らなかった。

「だよね！　僕は結婚式でこの話を披露したかったんだけど、美衣ちゃんが恥ずかしがって封印しちゃってさ」

「二人の秘密にしたかったの。二人の聖域、サンクチュアリ」

いちゃつきの空気をほんのり醸して、両親は肘でつつき合った。

「はいはい、仲良しですねっと」

贈られたキーホルダーを手に載せる。

「縁起の良いお守り・水晶付きバージョンアップ版ってことね」

「お母さんね、凜々子ちゃん」

つつき合いをやめ、母親は静かに言った。

「お父さんとお揃いのこのキーホルダーを、なるべく見える場所につけてほしいの」

「つけるの？　持ってるだけじゃ駄目？」

両親には悪いが、バッグチャームには時計がついた機能的な品が欲しいと思っていたところだ。

「お父さんとしては、持っていって僕らを思い出すヨスガにしてほしいんだけど……。そういやヨスガってどう書くんだっけ」

君なら知ってるよね、という風に父親が母親を見る。

「縁と書いてヨスガとも読むんだよ」

「あっ、なるほど。さすが物知り」

「凜々子ちゃん。お母さんは、このキーホルダーが目安になると思ってるの」

「目安って、何の？」

物差しの代わり、ではないだろう。さすがに。

「そのキーホルダーを見て、両親の故郷のお土産品と知って馬鹿にする男がいたら、付き合ってはいけません」

「そんな感じ悪い人、いるかなぁ……。いや、いるかも。出会いたくないけど」

ドーム形にカットされた、直径数ミリの水晶をじっと見る。

水晶の透明感を生かした、良い品だと思う。

「お父さんとしては『娘がどんな人を選ぶのか』なんて話題は早すぎて……」

父親は袖で目元を覆って「ううう」と泣き真似をした。

「駄目だ、美衣ちゃん。気持ちが複雑すぎて泣き真似しかできない。後は頼んだ」

そう言うと、今度は両手で顔を覆ってしまった。機能停止状態だ。

「あらら……。凜々子ちゃん、お母さんとしてはね。どんな人を選ぶかより、どんな野郎を避けるかが大切だと思うよ」

多少荒っぽい言葉遣いで母親は言った。

「『野郎』って、怖っ。目つきまで険しくなってるよ、お母さん」

「ごめん、ごめん」

母親はからりと笑った。

「凜々子ちゃんが嫌でなかったら、バッグかカード入れにでもつけてほしいな。お友だちとの会話の種になるかもだし」

「そう、そう。カンバセイション・ピースってやつだ」

顔を上げて父親が言った。

恋人選びではなく、友だちづくりの話なら乗れるようだ。

「んー……。水晶がきれいだからつける、かも。でも、バッグチャームは時計にするかもしんない。ごめん」

正直に告げると、母親は「うん」と諦めたような微笑を見せた。

少しばかり胸が痛む。

「だけど、お守りみたいに持ち歩くよ。お父さんとお母さんの出会ったきっかけだから、わたしの生まれたきっかけだよね。ＹＵＮＡＭＩキーホルダーは」

「うん、うん」

母親はうなずきながら顔を手で覆った。細い指の間から涙が流れ落ちる。

「ど、どうしたの？」

「幸せで泣いてる」

「ああ、美衣ちゃんに先に泣かれた。僕の泣くタイミングはどこ？」

愛おしそうに父親が母親の背をさする。

凜々子は脱衣所から持ってきたタオルを両親に渡すと、真新しいキーホルダーを持って自室に退散しかけた。

ただ、一つ思うところがあって引き返す。

「ねえ。キーホルダーを見て、両親の故郷のお土産品だと知って『いいね』って言ってくれる人がいたらさ。めっちゃ素敵な人じゃない？」

「付き合うかどうかは別として、いい人かもしれない。とお父さんは思う」

複雑そうな顔で父親が言った。特に『付き合うかどうか』のあたりは、お祭りでたこ焼きを食べ過ぎて胃もたれを起こした時にそっくりだった。

「そうだよ凜々子ちゃん、慎重にね。急いで『この人だ』と決めないで、伴侶への第一段階クリアぐらいに考えて」

タオルで目元を拭きながら母親が言った。

「伴侶への……全部で何段階あるの、それ？」

「三十段階くらい」

なかなか採点が厳しい。

「もう。勉強するのと、友だち作るのが優先なんだからね」

「そこは、私も修司君も心配してないでーす」

持ち上げられると弱い。「はい、はい」と言いながら今度こそ自室へと向かった。

──こんなに色々考えてくれてる。お母さんがわたしのこと嫌いなわけない。

布団の中で、キーホルダーを手に包みこんだ。

一滴の雨粒のように小さな水晶が指先に触れる。ひんやりとした感触が、不安を吸い取ってくれる気がした。

母親の気持ちへの不安も、新生活への不安も。


翌朝は、家族三人で歩いて駅に向かった。

近所に知人が住んでいるので、挨拶もかねての道行きだ。

「大家さんと会うのも久しぶりだなあ」

つぼみの膨らみかけた桜並木を歩きながら、父親が言った。

今の住まいは戸建て住宅だが、凜々子が幼い頃は三人で1ＤＫのマンションに住んでいた。元々は、母親がカフェで働きながら一人で住んでいた部屋だという。

「大家さんねえ、電話したら喜んでたよ。合格の報告した時も喜んでくれたけど『京都へ行く前に寄ってくれるの⁉』って」

そう言う母親も嬉しそうだ。

京都に着いてからの手筈を確認し合ったり、ツバメが来るのはいつ頃か予測し合ったりしているうちに、五階建てのマンションが見えてきた。

母親が入居した頃から二十年以上経っているはずだが、外壁は塗り直されてこぎれいだ。

そして隣に建つ庭付きの二階家も、古そうだが手入れされている。門扉の脇には警備会社のステッカーと防犯カメラがあった。

「よし。安心、安心」

母親がうなずいている隣で、父親がインターホンを押した。

「こんにちは、山県《やまがた》です」

両親は結婚に際して、父親の姓を選んだ。母親の旧姓「野々原」から一字取って、自分の名前は凜々子になったのだと聞いている。

『ああ、いらっしゃい！　忙しい時にありがとう、今うちの人が開けるから』

――奥さんの声だ。

凜々子が直近で大家夫妻に会ったのは、去年の夏だ。地域のお祭りで行き会って挨拶したのを覚えている。

——次に会うのはいつだろ？

大家夫妻が八十歳過ぎであることを思うとしんみりする。幼い頃、大家夫妻の飼い犬をなでさせてもらった記憶が蘇《よみがえ》った。

「やあ、凜々子さん合格おめでとう」

玄関が開いて、真っ白な髪をした高齢の男性が出てきた。

——旦那さん、昔は黒い髪が残ってた気がする。

「ありがとうございます。御無沙汰してました」

押し寄せてくる感慨を抑えて、凜々子は挨拶した。

「さ、上がって、上がって。うちの人がお茶の用意して待ち構えてたんだよ」

互いに「うちの人」と呼び合っているらしい。

何か面白いな、と凜々子は思う。

「ありがとう、いらっしゃい」

凜々子が物心ついた頃から美しい総白髪の、大家夫人が廊下に出てきた。

「でんすけの顔を見てやって。顔って言っても相変わらず写真だけど」

両親が出会う前から大家夫妻に愛されてきた、甲斐犬の血を引くでんすけは一昨年《おととし》に天寿を全うした。享年十八、人間で言えばおよそ九十歳らしい。

居間に入ると、壁際の棚に写真立てと花が並んでいた。

粗く擂《す》った黒胡麻《くろごま》を思わせる毛色の中型犬が、写真の中で笑っている。口の端を上げて黒い目を輝かせて、まさしく満面の笑みだ。

「でんすけ。凜々子さんね、大学に受かったのよ。京都に行くのよ」

大家夫人が写真に話しかける。

凜々子も「行ってくるよ」と写真に手を振る。

この家では、亡くなったでんすけの写真に手を合わせない。

居間にでんすけの笑顔があり、生前を知る人びとから話しかけられることで、でんすけはまだこの家に存在している。人から手を合わせられるような対象には、まだなってはいない。

――っていう解釈は、お母さんの受け売りだけどね。

凜々子は両親に目を向けた。

父親は「でんすけー、でんすけ」と感慨深げに呼びかけている。

そして母親は、棚の前に正座した。

膝に手を置いて、犬の笑顔と相対する。

「でんすけ。うちの子と仲良くしてくれて、ありがとう。今日、行くよ」

母親と写真の周りに淡い光が灯《とも》っている、と凜々子は錯覚した。

例えるなら、生前のでんすけを感じるための回路が突然開いたような、でんすけの存在感がいきなり濃くなったような感覚だった。

――お母さんって、やっぱり不思議。

母親がすっくと立ちあがる。大家夫妻が目元を押さえる。

「美衣さんは、でんすけをいっぱい散歩に連れて行ってくれたねえ。還暦の飼い主よりずっと元気な奴だったから、有り難かった」

「あなた『中型犬だからと甘く見ていた』って筋肉痛を起こしてたものね」

「あの時は筋肉の悪魔に魂を売りたいほどだった」

「やだ、美衣さん。うちの人、人類を裏切るところだったわよ」

美衣さん――母親は腹部を抱え、大声での笑いを堪えている。

「ふはっ、何ですか筋肉の悪魔って。魂の代わりに筋肉くれるんですか」

父親は笑いながら突っこんでいる。

――故郷を離れても、優しい人たちに会えたんだね。お父さんもお母さんも。

自分の将来もそうであればと願う。

めでたい日だから、と桜茶で饗応《きようおう》を受けた後、凜々子は水晶の光るキーホルダーを出した。おや、という顔になった両親を意識しながら、バッグに取りつける。

「これ、両親にもらったんですけど、どうでしょう?」

大家夫妻に尋ねた。

「あら、お二人のふるさとの? 石が大きすぎなくてクリアで、洒落《しやれ》てるわねえ」

「シンプルゆえ、服装や年代を選ばない。と思う。今風のお洒落はよく知らんが」

実は僕たちの出会ったきっかけが、と父親が自分の年代物を出す。大家夫妻が目を丸くして二つのキーホルダーを見比べる。

窓から入った風に花が揺れる。

凜々子には、でんすけが花畑で笑っているように思えた。

*

大学では、思ったほどYUNAMIキーホルダーは注目されなかった。目立つデザインではないので、まあそんなものかもしれない。

――さっそく語学のクラスで友だちができたから、いいか。

バッグにYUNAMIキーホルダーを揺らしつつ、凛々子はドラッグストアを歩き回っていた。

京都は学生街なだけあって生活用品を買うには便利なのだが、いかんせん初めての一人暮らしは戸惑うことが多い。洗剤だのポリ袋だの、こまごまとした品々のどれを選べばいいのか分からないのだ。

――洗剤は少量入りがいいのか、とか、そもそもどこにあるの、とか。ああもう。

迷子になった気分でさまよっていると、見覚えのあるパッケージが目に入った。

水色のポンプ式容器は、間違いない。幼い頃に母が頭を洗ってくれた、小児用シャンプーだ。

――懐かしい。

つい手に取ってみる。「0歳から使える」「セラミド配合」などの文言を目で追う。

――ふんふん。こういうの使ってたんだ。

過去を振り返る時の解像度が上がった気分だ。

「それ、大人でも使えますよ」

話しかけられて横を見る。やや離れたところから、控えめそうな少年が凛々子を見ていた。年頃や雰囲気からして、同じ大学一回生のようだ。

「あ、不審者じゃありません！　姉二人が、肌荒れ防止意識の高い人たちで！　温泉街の生まれなのでっ」

――別に不審者とは思ってないけど。

肌荒れ防止意識という言葉が面白くて「ふっ」と笑った凜々子に、少年は自分のバッグを持ち上げてみせた。

「島根県松江市《しまねけんまつえし》の、玉湯《たまゆ》温泉出身なので」

少年が指さしたのは、緑色の勾玉だった。歴史の教科書や図録で見た、あの穴の開いた、牙にも胎児にも似た形の装飾品だ。

「勾玉が名産なんですか？」

「はいもう、僕の故郷はメノウや碧玉は出るわ、肌に良い温泉は出るわ、古墳はあるわと盛りだくさんで。姉たちに『故郷とスキンケアの重要性を忘れるな』と持たされました。勾玉」

「故郷とスキンケア、どっちも大事ですね！　見習いたいです！」

テンションの高まりを自覚しながら、凜々子はＹＵＮＡＭＩキーホルダーを少年に見せた。

「実は、わたしの両親はこの温泉土産がきっかけで付き合いはじめました」

少年の目が輝いた。

「水晶のカボションカット！　そうか、湯波温泉と言えば山梨県、山梨県と言えばジュエリーメーカーの聖地！」

鉱物に詳しそうなことを言った後、少年は無言で周りを見回した。凜々子もようやく気がついた。ドラッグストアの店内で、うっかりはしゃいでしまった。

「すみません。わたし、ついテンションが高くなっちゃって」

「いえ、もともと僕が話しかけたから」

沈黙は短かった。

「あの、良かったら」

「この後良かったら僕に」

同時に言ってしまい、互いに笑う。

「僕に、教えてください。ご両親の話と、湯波の石の話」

今度は凜々子の番だ。

「わたしに、もっと話してください。お姉さんたちの話とか、玉湯温泉の話とか」

「うちの姉ちゃんズに興味が？」

「面白そうだから……」

口調は最初より静かだが、気持ちがどんどん打ち解けていく。ドラッグストアでの買い物を終えると、凛々子は近くのカフェで少年と語り合った。互いの故郷のこと。大学の履修登録が案外複雑だったこと。教員たちが高校よりずっと個性的で驚いたこと。

話は尽きず閉店の時間となり、当然のように連絡先を教え合った。

少年の名は、珠理と書いてシュリといった。珠の肌理《きめ》という意味で、鉱物の美しさや、鉱物を生む大地の力にあやかってつけられたのだという。

「中学校まであだ名はタマリだったよ。本名より言いにくいの、どうなんだよ」

「わたしがシュリ君って呼ぶよ、たくさん」

そう請け合った時、凜々子は（この人が伴侶だったらいいな）と思った。

母親が三十あると言った審査段階を、珠理は易々《やすやす》と突破したのだった。

＊

四月が終わる頃、珠理が珍しく浮かない顔で学食から出てくるのを見かけた。

こちらに気づいて明るい笑顔を見せたので、凜々子はひとまず安堵する。

「お昼もう食べたの？　シュリ君」

「やー……。食欲失《う》せちゃって、出てきた」

何があったのか、聞くべきか否か迷った。

たびたび学食や近くのカフェで一緒に食事はするのだが、あまり踏みこんだ雰囲気にはならない。何しろ出会いからまだ一ヶ月弱だ。

「これ見てよ」

珠理は一枚のリーフレットを出してみせた。

ミュージカル同好会、という文字が見て取れた。

「勧誘してもらえて嬉しかったけど」

「うん。シュッとしてるから似合うと思うよ、ダンスとか歌とか」

「ありがと。でも、『考えておきます』みたいな曖昧な返事しかできなくてさ。本当は踊れないのに」

凜々子がまず思い浮かべたのは、過去に怪我でもしたのか、ということだった。

「何かリハビリとか……」

「いや、無理。踊れないの」

珠理がさえぎった。凜々子が言葉を呑みこんでしまうほどの強い口調だった。

「ごめん、言い過ぎた」

「ううん」

珠理がリーフレットをしまう間、短い沈黙が流れた。

「山県さんに、笑われちゃうかもしれないけど。うちの言い伝え、ちょっと変でさ」

「ん？　湯波温泉の、狸が信玄公に教えた温泉、みたいな話もまあ変だけど」

「微妙に違うかなぁ」

力なく笑った後、珠理は少しかがんで凜々子と視線を合わせた。

「うちの……玉湯《たまゆ》の入江《いりえ》一族は、踊ってはいけないと先祖代々伝わってる」

ありそうだ、と思った。

島根県に行った経験はないが、知識はある。

旧暦の十月になると日本中の神々が出雲大社《いずもたいしゃ》に集まるので十月の旧名は神無月《かんなづき》ということ。出雲国《いずものくに》つまり島根県では反対に神在月《かみありづき》と呼ぶこと。

ヤマタノオロチ伝説など日本神話の舞台であることも知っている。

「山県さん、笑わないね」

視線を合わせたまま珠理が言った。

「不思議の多そうな土地だから、ありそうだなって思った。神在月とかヤマタノオロチとか、色々伝わってるでしょ？」

珠理は背筋を伸ばし、凛々子から視線を外した。表情は柔らかい。

「五時か六時頃、いいかな？　聞いてほしいことがあってさ」

「いいよ。カフェ行く？」

「カフェとかだと、どうしても近くの人に聞かれるからさ。鴨川べりとか、京都御《きょうとぎょ》苑《えん》とか……開けてるとこがいい」

「ん、分かった」

鴨川べりで会う約束を取りつけると、珠理は早々と歩き去っていった。

――結局、お昼ご飯食べないんだ……。

風が青葉の匂いを運ぶ。

自分はまだ珠理の心の関門を突破できていない。

そう思うと、晴れた空まで暗く思えた。

＊

珠理の先祖は、踊りの巧みな巫女を輩出する一族であった。

少なくとも入江家——珠理の家ではそう伝わっている。

一族の生きた地は、珠理の生まれた玉湯温泉周辺だという。

碧玉やメノウの鉱脈がどこにあるか。

温泉の湧く場所はどこか。

危険な落石の起きる場所はどこか。

玉湯川が流れこむ宍道湖《しんじこ》で、どうすれば多くの貝と真珠を得られるか。

土地の人々が生業に励んで生きていくための知恵は、神から踊る巫女の口を通して語られた。

巫女の踊りがどういうものであったかは伝わっていない。

ただ、一族のうち素質ある者が踊っているうちに土地の神が宿り、巫女の口を借りて語ったのだという。

しかし、神と巫女と里人の関係は、倭で王族が勢力を広げはじめた頃に崩れた。

ある代の里長が、ただ一人の巫女を手ひどく扱った。

土地の神はそれを知って怒り、巫女をさらって花仙山へ去った。

後には落石に潰された里長の死体と、戸惑う里人たちが残された。

里長の一族は、生き残った兄弟が力を合わせて里を受け継いだ。

巫女の一族は、踊りをひそかに伝え続けた。

歳を取った先代の巫女二人は親類の少女たちに踊りを教え、自分たちも子を産んで踊りの弟子とした。巫女は独り身であるべしという規範はあったはずだが、神からの預言を得られなくなって意味がなくなったのだろう。

踊りそのものは踏襲され、里人を喜ばせる芸能となった。

しかし時が流れるうちに、一族にある懸念が生まれた。

万が一、再び神が巫女の体に降りたら災厄が起きるのではないか。

巫女を虐げた何者かが変死すれば、里そのものが忌み嫌われるのではないか。

時は江戸時代。藩主から睨まれる事態を、一族は恐れた。

幕末と呼ばれる時代に入る少し前、一族は取り決めをした。

代々伝えてきた巫女の踊りを、芸能としても封印する。

封印した後も、一族の者は踊りに打ちこんではならない、と。

*

「長い話になっちゃったねー」

鴨川べりで風に吹かれながら、気抜けした風に珠理は言った。

「話して楽になったなら、良かった」

「楽になった。地元じゃないから喋れた、ってのもあるけど、山県さんが笑わずにいてくれたから、喋れたよ」

二人で並んで座っていると、数週間早い夕涼みのようだ。

もっと下流の三条大橋《さんじょうおおはし》や四条大橋《しじょうおおはし》に行くとカップルが等間隔に並んで座っているのだが、北に来ると岸辺に座りこんでいる人はまばらだ。

「荒唐無稽なうちの言い伝えを聞いてくれてありがとう」

がばっと音がしそうな勢いで頭を下げられ、凜々子は焦った。

「いやいや、荒唐無稽って言うより……時空間がめちゃ壮大だったね？」

「僕もそう思う。神社や神道が成立する前からの話」

神在月どころではない。

「もうね、姉ちゃんたちも僕も、幼稚園のお遊戯で踊れないわけ。駆けっこ鬼ごっこは普通にやるのに、踊りだけ我慢。親戚からの言いつけで我慢。よくもまあ、ぐれなかったと思うよ」

「うんうん」

幼稚園児がどんな風にぐれるのか想像がつかないが、大変だったのは分かる。

「ミュージカル同好会、どうやって断ろう……」

「考古学サークルが忙しくて掛け持ちできない、って言ったら？」

「やっぱりそれかぁ」

珠理は大学で考古学サークルに所属している。

凛々子も入りたいのだが、学祭での発表が大変そうなので躊躇《ちゆうちよ》しているのだった。

「あのね、シュリ君。うちも、ちょっと変わった言い伝えがあって」

「狸とは別の？」

「うん。『お風呂はなるべく一人で入りなさい』って」

珠理が視線を泳がせ、鴨川にたたずむシラサギを凝視しはじめた。

「……人とお風呂に入る機会の方が少ないような……。いや、温泉とか、小さい子どもの面倒を見る時とかは違うか」

――それと、恋人と一緒の時。

凜々子は口に出さなかった。

今は微妙な時期なのだ。友だちと恋人の境界線を越えるかどうかの。

「他には、修学旅行の時ね」

「あ、そうか」

「旅館やホテルの内風呂を使わせてもらったの。のぼせて体調を崩しやすいのでって理由をつけて」

「あー……。実際は、どうしてみんなとのお風呂を止められてたの？」

「お母さんが、必ず一人でお風呂に入る人でね……」

珠理の昔語りと同じくらいの時間をかけて、凜々子は自分が生まれ育った家の話をした。服を着て頭を洗ってくれた母のこと。風呂が好きすぎてぼんやりしてしまうからという理由で、母は夫とすら入浴しなかったこと。父親から、母親に似るかもしれないから一人で入浴した方がいいと言われたこと。

「シュリ君のおうちに比べたら、些細《ささい》な話だけどね」

「いや、些細なんかじゃない」

珠理は断言した。

「家族でのお風呂って、根源的というか……大事な時間だと思う。同性のお母さんと一緒に入れなかったのは、寂しかったと思う」

「ありがと」

寂しかった。そう、自分は寂しかったのだ。

頭を洗ってくれる母の手つきがどんなに優しくても。

「お母さんはもしかしたら、わたしを好きじゃないのかも、とか。出産や子育てで何かつらい気持ちを抱えてるのかも、とか。色々抱えたまま京都に来ちゃった」

「しんどいね」

珠理は暮れゆく空を見ながら言った。

「僕ん家は神代の昔が話の始まりだけど、凜々子ちゃんの方は、今いるお母さんやお父さんが関わってるもんな。何とか納得できる方へ向かうといいな」

──優しい。他人が背負ってる事情の重さに、気持ちが向く人なんだ。

「今、凜々子ちゃんって呼んでくれた？」

「前から呼びたかった。今だな、と思った」

急にぶっきらぼうな口調になった。

凜々子はどうやって珠理との距離を縮めればいいか分からなくなる。

「また、引かれそうな話、するけどさ」

「何、何？　すぐに『引かれそう』って思うのやめなよ」

「夏休み、二人で花仙山に行こう」

「旅行ってこと？　引かないよ、嬉しいよ。島根、初めて」

笑いだした凜々子を、珠理は困ったような顔で見ている。

「あ、そうか。バイトと貯金しないと」

「いや、僕が出す。僕が付き添ってほしいから」

「付き添い……。地元なんだから、シュリ君の方が付き添い役じゃないの？」

「うん。地理的な知識は、あるんだけどさ。ついてきてほしい。一人ではちょっと怖い。ご先祖様が最後に神おろしをしたと伝わる場所で、踊ってみたいんだ」

――それは、わたしも怖いです。

先ほど聞いた話を総合すると、里長が落石で死んだ場所かもしれないのだ。

――でも、人死にが出てない場所なんて、存在しないよね。

そう考えると、問題ないように思える。

「分かった。スマホの電波が入るところなら、登山装備でついてくよ！」

「電波は入るよ、ふもとだから。ありがとう」

「わたしで大丈夫？　シュリ君が大好きって点しか特別なところがないよ？」

「す……。先に言われた。大丈夫。その点が大事だから」

日が落ちてから、珠理は凜々子のマンションまで送ってくれた。

少し上がっていくか聞いてみると、珠理は「ううん」と首を振った。

「ゆっくり、ゆっくり」

短い言葉の繰り返しを凜々子に残して、珠理は帰っていった。

窓から見送ると、道から手を振ってくれたので振り返した。

――ゆっくり、ゆっくり、か。

これから二人の関係は変わっていく。

出雲の巫女の物語も、狸と武田信玄の隠し湯の物語も巻きこんで。

どこか心細いけれど、胸が躍る。

湯を張った浴槽に身を沈めた時、自分の肌がきめ細やかに光るのを感じた。

「『凜々子ちゃん』かぁ」

両親や大家夫妻、友人からの呼び名と同じだが、含む意味は違う。

どう違うのか、これから知っていくのだ。

――やばい。暑くてぼんやりした感じが、する。

両親の言っていた「お風呂でぼんやりする」とはこの感覚か。
――ああ、これは確かに、修学旅行とかで見られたら、病気と間違われそう。
背骨が熱い。顎から汗が流れ落ちた。
熱を測ってみようと額に触れる。
ふわふわとした毛皮の感触に、寝ぼけているのかと思う。
頬に触れてもやはり同じ感触だ。つねると痛い。
「何、これ……。やだ」
額にも頬にも、毛が生えている。でんすけの毛並みよりも柔らかな毛が。
――『わあ、凛々子ちゃん、痛いぞう』。
突然蘇ったのは、母の声だ。Tシャツの狸を引っ張った時のおどけた声。
両親の故郷に伝わる歌も、二番まで思い出した。
父親も母親もご機嫌な時に口ずさんでいた、温泉と狸と戦国武将と犬の歌だ。

昔、昔も湯の里よ
狸が尻尾振って導いた
信玄公はご満悦

矢傷も治す湯波の湯

昔、昔も湯の里よ

狸が桶持って湯を汲んだ

信玄公の愛犬も

ほかほか浸かる湯波の湯

自分に起きた変化から、逃避しようと思ったがゆえの閃《ひらめ》きかもしれない。

それでも凜々子の中では一本の糸がつながっていた。

母親の一人での入浴も、野生動物のような鋭い嗅覚も、犬のでんすけへの深いシンパシーも、湯波温泉のキャラクターであるポンポンを気に入っていたことも、すべては母親の出自に由来するに違いない。

風呂から上がり、体を拭くのもそこそこに電話を手にした。

『はい、山県です』

「お母さん！　顔に毛が生えた！」

凜々子の第一声に、母親は『えっ？』と聞き返した。

父親が留守であることを確かめると、凜々子は意を決して尋ねた。

ただし、かなり遠回しに、謎かけのような言い回ししかできなかった。

「お母さん。一人でお風呂に入るのは、ポンポンちゃんが出るから？」

沈黙が返ってきて、たぶん当たり、と思う。

「お母さん。わたしはお母さんの娘だって、今お風呂でよく分かった」

電話の向こうから『うん。そう……』とため息まじりの声が聞こえた。

『この日が来てしまったんだね。凜々子ちゃん』

「お父さんは……？」

人間なの、と聞くべきか、知っているの、と聞くべきか。

『修司君は普通の人間だけれど、私のことを確実に分かっていて、それでも黙っているの。それでも一緒にいたいと思ってくれたの』

——シュリ君は同じように思ってくれるかな。

内心に生まれた不安を感じ取ったのか、母親が『凜々子ちゃん』と呼びかけた。

『今日は、今までと違う出来事があったの？』

「うーん……。お母さんにとってのお父さんみたいな人に、出会えた、と思う」

『何ですって。詳しく』

「親に話すようなことじゃ……」

一旦は難色を示してみせたが、結局凜々子は珠理との関わりを話した。ただ、会話の一つ一つを明らかにするのはさすがに避けた。家を出る前に母親が言っていた「サンクチュアリ」だ。

『すぐ家に連れていらっしゃい、と言いたいけど。二人で花仙山に行くのが先かしらねえ。修司君にはちょっと内緒にして、旅費、送っておくから』

「えっ、あ、うん」

まさかこんなにあっさりと、男の子との外泊を認めてくれるとは思わなかった。しかも旅費まで援助してくれるとは。

『お母さんね、今まで一人でお風呂に入ってきて良かったと思う。修司君に見せたい姿じゃないの』

うん、と答えて良いものか。凜々子は黙って聞いた。

『凜々子ちゃんも、そうした方がいいとお母さんは考えます。すべてをさらけ出すのが愛ではないから。でも』

「でも？」

『凜々子ちゃんに大事な人ができたことが、嬉しい』

「……うん。大事」

母親は『しばらく修司君には内緒』と念を押してから『ちゃんとご飯を食べて。またね。湯冷めしないで。プチッ』と擬音つきの挨拶をして電話を切った。

「お母さん、わたしのこと、嫌いなんかじゃなかった」

珠理よりも誰よりも自分に言い聞かせたくて、凜々子はつぶやいた。

大きなくしゃみが出て、髪から水が滴り落ちた。

*

結局入った考古学サークル、思ったより予習に時間のかかる講義、試験、身の回りの家事、こまごまとした人間関係に気を回していると、大学最初の学期はまたたく間に過ぎた。

今、凜々子は花仙山のとある河原で蟬時雨《せみしぐれ》を浴びている。

珠理は岩壁に沿って歩き回っている。踊りやすい場所を見つけるためだ。

「肝試しみたいで、馬鹿げてるとは最初思ったけどさ。やっぱり試してみたいんだ」

「うん。ちゃんと見てる」

この河原の近くには、細長く途中で曲がった洞窟がある。

珠理の話では、洞窟は巫女の住まいや祭具置き場など、祭祀に関わる場所なのではないか、ということであった。先祖に関わりが深そうな場所だ。

「シュリ君。足元、大丈夫？」

蝉時雨に負けないよう、声を張り上げる。

「大丈夫だよ。じゃあ、始めるから」

「えっ、もう⁉」

「早く、過去を乗り越えたい。迷信なんだって、たとえご先祖様ゆかりの場所だろうと踊っても平気なんだって、確かめる！」

珠理が跳躍した。

タン、タンと小気味よく岩を駆けのぼる。舞台のように平たい岩だ。

どこかで見て覚えたのか、珠理は軽やかにステップを踏む。

凛々子は気が気ではない。

たとえ低い岩でも、落ちて打ちどころが悪かったら大変だ。

――早く、早く終わって。無事に。

ブラウスの胸元を握りしめた時、花仙山の岩壁から黒い塊が落ちてきた。

河原で長々と伸びたそれは、黒い大蛇だった。

「へ、蛇！　シュリ君、逃げて！」

大蛇は岩を這い登り、珠理の足元でとぐろを巻いた。

まるで、踊りを邪魔したいかのようだ。

「こ、このっ」

凜々子は足元の石をつかんだ。蛇の近くに投げれば逃げるかもしれない。

「待って、凜々子ちゃん。待って」

両手を突き出して珠理が止めた。

「蛇、消えてる。消えてるんだ」

岩の上でおろおろと珠理が両手をさまよわせる。見れば、鳩《はと》ぐらいは丸呑みしそうだった大蛇の姿がどこにもない。

「嘘……。逃げるような隙間なんて、ないのに」

「確かに見たよな？　蛇」

「見た、あそこから落ちてきて……」

岩壁に生える樹を指さした凜々子は、言葉を失った。

夏の青葉が茂る梢の間から、若い女の顔が二つ覗いている。

どこか珠理に似た面立ちの女と、髪を短く刈った勝気そうな女の顔。

「凜々子ちゃん？」「シュリ君。あ、あんな所に人、登れる？」

指さす先を見た珠理が「嘘だろ！」と声を張り上げた。

「なんで、危ない樹の上なんかに。それに」

ふふふ、うふふ、と声が降ってくる。

二人の女が面白そうに笑っている。細い手首に巻いた管玉がちらりと見えた。

「あんな所、人が登れるルートはない！」

女たちの笑い声が小さくなり、梢の間から覗いていた姿も掻き消える。

凜々子は思わず珠理に身を寄せた。

「あの人たち、手首に管玉巻いてたよ。ずっと、ずっと昔の人みたいに！」

「もしかして、ご先祖様？　僕、ご先祖様に『踊るな』って言われてる……？」

「止められたよね。二人の女の人と、大蛇に」

「女の人は分かるけど、なぜ大蛇？　ペットも来てくれたのか？」

「分かんないけど、止めてくれたんだよ。足元が危ないし、本当に神おろしができたら危ないから」

確信をもって凜々子は言った。

二人の女の表情は、優しかった。子どもの遊びを見守るような顔だった。

「僕、やっぱり踊るのやめとく」

「それがいいよ、シュリ君」

「二人でミュージカル同好会に入って踊ったら楽しいかと思ったけど」

「いいよ、いいよ。一緒にいられたら。掛け持ちせずに二人で考古学サークル、続けよう」

二人そろって日陰にへたりこんだ。腰が抜けたか、それとも疲労か。

「凜々子ちゃんさ」

隣でへたりこむ珠理が言った。

「一緒には踊れないけど、ずっと一緒にいてよ」

――シュリ君。わたしは狸の娘だよ。いいの？

母の教えを思い出して、言いかけた言葉を打ち消した。

「シュリ君。一緒にお風呂には入れないけど、ずっと一緒にいてよ」

蟬時雨の中で、二人はもたれ合った。

川風が巻き起こり、汗ばんだ肌を冷やす。

母親が大事にしている真珠の指輪を凜々子は思い出した。「とよたまひめ」という名の婚約指輪は、神代の昔に花嫁となったサメあるいはワニの名だという。

「きっと大丈夫。わたしたちは離れない」

神代の昔から、異なる種族同士は結ばれてきたのだから。

珠理が、蟬時雨に消されないほど近い距離で「好きだ」と言った。

＊

大海原を思わせる紺碧《こんぺき》の小箱が開くと、真珠を一粒戴いたプラチナの指輪が現れた。ジュエリーブランドＨＩＭＵＫＡが誇る婚約指輪「とよたまひめ」だ。

「きれいです！　真っ白なようでいて、ほんのり桜みたいなピンクもまとっていて。桜と朝日の結晶みたい」

興奮で身振り手振りが激しくなるのを抑えようと、凜々子は右手で左手をきゅっと包みこんだ。社会人二年目なので、もう少し落ち着きたいとは思う。

「ありがとうございます。こんな風に生まれながらにピンクを帯びた真珠の方が、希少価値が高いんですよ」

ガラスのカウンターを挟んで、黒髪をアップにした女性が微笑んだ。黒いスーツに、ブランドカラーである紺碧のシャツを合わせている。

「染料でピンクにおめかしした真珠も多いのですが、わたくしどもの扱う『とよたまひめ』は染料を用いずにお作りしています」

「はい、母から聞きました。母も『とよたまひめ』を持っているんです」

店員は「まあ」と目を見張る。

「ありがとうございます。それで今回、わたくしどもにご用命くださったのですね」

「はいっ。『結婚しよう』って言われた次の日に、予約のお電話入れちゃいました」

隣に立つ珠理が思い出し笑いをする。控えめな雰囲気は変わらないが、出会った頃より精悍《せいかん》な横顔だ。

「母の『とよたまひめ』もきれいだったけど、この子も素敵です」

真珠は生き物ではないが「この子」と呼びたくなる。貝の中で大きくなっていく過程に胎児のイメージが重なるせいだろうか。

「着けて御覧になりますか？」

店員が凜々子と珠理を見比べた。珠理は頬を紅潮させている。

「あのっ、僕が着けてあげてもいいですか？」

「はい、もちろんです。真珠は汗に弱いですから、こちらの手袋をお使いください」

流れるような動作で、店員は白い手袋の載ったトレイを出した。あらかじめ用意してあったらしい。

結婚式の指輪交換に似た雰囲気に、凜々子は少し緊張した。

珠理が目配せしてくる。凜々子は「うん」と言って左手を差し出した。

薬指の爪の上を、真珠が通過する。

かすかに冷たいプラチナの輪が、関節から根元へとすべっていく。

ふう、と珠理が息を吐いた。

桜の色と朝日の明るさを帯びた真珠が一粒、薬指の付け根に光っている。

「着け心地はいかがですか？」

「とても、しっくり来ます」

これほど馴染むとは思ってもみなかった。自分の手肌と真珠の肌理が寄り添い、落ち着いている。

「どうして『とよたまひめ』と名付けたんですか？　正体がワニかサメと言われているのに」

珠理の質問に店員はまばたきする。

「いきなり、すみません。豊玉《とよたま》は真珠を意味するって公式サイトで読みましたけど、正体がワニかサメとされる、最終的には夫と別れていく女神様の名前を冠したのは、何でかな、と思ったんです」

天使が通る、と俗に言われるような沈黙が一時その場を支配した。

「……失礼いたしました。初めてその点をお客様からご質問いただいたので」

花嫁花婿にしてみれば、美しさや大きさ、値段の方が重要だろう。

「実は、わたくしども経営者の一族は――」

店員が一呼吸間を置く。名札に「京都店　日向《ひむか》」とブランド名と同じ苗字がある。

「あくまで伝承なのですが――豊玉姫と山幸彦の子孫、と言われているのです」

――この人のおうちも？　しかも、神様の？

凜々子が驚きで絶句する一方、珠理は「ええ、ええ」とうなずいている。

「『古事記《こじき》』では、二人の間にウガヤフキアエズノミコトが生まれていますよね」

「もちろん言い伝えではありますが、それでも伝わるうちに、豊玉姫への畏敬の念が一族に育まれていきました。まるで貝の中で真珠が育つように」

珠理が「分かります」と相槌を打った。

「代々宝飾店を営むうち、わたくしの祖父母の代で生まれたのが婚約指輪『とよたまひめ』なのです」

——豊玉姫と山幸彦。お母さんとお父さん。わたしとシュリ君。

左手薬指の真珠を見つめる。海の世界で出会った豊玉姫と山幸彦を思う。

「凜々子ちゃん、その指輪にする？」

珠理が聞いた。告白した日「ゆっくり、ゆっくり」と言ってくれた時のような、甘く優しい声だ。

「うん。この子が好き。この子がうちに来てくれたら嬉しい」

安堵した顔で珠理が「ははっ」と笑う。

「サプライズにしないで、二人で買いに来て良かったよ。同じ真珠は二つとないからさ。人と同じで」

白い手袋をつけたまま、珠理は凜々子の手を取った。輝く真珠の指輪を見て、それから凜々子を見る。

「きれいだね。嬉しいね、凜々子ちゃん」

踊りに誘われているような格好に、凜々子は花仙山の河原を思い出す。

二人で踊れなくてもいい。二つの命が寄り添うだけで、胸は躍るのだから。

あとがき

この本を手に取ってくださって、ありがとうございます。

今まで磨いてきた技術の粋を集めた短編集です。


作者は、狐との異類婚をテーマとする短編「典医《てんい》の女房《にょうぼう》」を第十七回電撃大賞に応募し、メディアワークス文庫賞を受賞しました。この短編集の第四話です。

一次選考さえ通過すれば編集者から感想がもらえると聞いて勇んで応募したわけですが、受賞して作家デビューにつながるとは思ってもみませんでした。

この「典医の女房」を第一話とする『霧《きり》こそ闇《やみ》の』がデビュー作として出版され数年経った頃、当時担当編集だった清瀬《きよせ》様から「異類婚をテーマとする短編連作集を出しませんか」とご提案をいただきました。

狐女房、鶴女房、美女と野獣など、古今東西さまざまな異類婚姻譚《いるいこんいんたん》がある中でどのような短編集を編むべきか、『おとなりの晴明《せいめい》さん』シリーズを執筆しながらたびたび考えたものです。

考える中で浮上してきたのは、狸でした。シリーズ物に登場させているうちに親近感が湧いたのが一因です。

例えば『あやかしとおばんざい』シリーズでは人に化けて大学に紛れこむ狸（第二巻）、『おとなりの晴明さん』シリーズでは高校の文化祭を見学する子狸（第四集）、大文字《だいもんじ》付近で祭りを開催する狸（第五集）など。

狐、狸と来て、他はどうしましょう……とアイデアを出しているうちに、今までの異類婚姻譚になかった組み合わせを書きたくなってきました。

そこで生まれたのが少年とトキの異類婚姻譚、第二話「つばさの結婚指輪《けっこんゆびわ》」です。京都市学校歴史博物館での取材と書籍購入が活きました。この場を借りてお礼を申し上げます。

ラスト近くで名前が出てくる天誅組は、第二作『夜明《よあ》けを知《し》らずに　―天誅組余話《てんちゅうぐみよわ》―』で取り上げました。この第二作を出すために奈良県南部に通い詰めた日々は苦しかったけれど、素晴らしい景色に幾度も出会えました。

大江山《おおえやま》の酒呑童子《しゅてんどうじ》はさらってきた女性を身辺に侍《はべ》らせて時には食べたけれど、鬼と人が夫婦になることもあるのでは？　と考えて書いたのが第三話「鬼女《きじょ》の都落《みやこお》ち」です。こちらは鞍馬山や八瀬など、洛北《らくほく》の地がカギになっています。

洛北もまた、シリーズ物でたびたび扱ってきたテーマです。

八瀬について初めて書いたのは『からくさ図《と》書館《しょかん》来《らい》客簿《きゃくぼ》』シリーズ第五集でした。赦免地《しゃめんち》踊《おど》りという地元の祭りを見に行ったおかげで書けたようなもので、つくづく取材ができる環境とはありがたいと思っています。

古式ゆかしく、三輪《みわ》山説話《やませつわ》のような蛇と人の異類婚も書きたい……ということで生まれたのが、第五話「オロチと巫女《みこ》」です。

当初のプロットではオロチは男性でしたが、清瀬様と相談しているうちに女性同士になりました。女性同士のカップルを書くのは、作者にとって初めての経験です。

もう一つ、裏話があります。

第五話の原型は、実は二十年前に生まれていたのです。

作者は朝日新聞から取材を受けた際、ある思い出話をしました。二十代前半の頃、京都市左京区《さきょうく》の私設図書館で「小説の元になる文章」を書いていた、というものです。（朝日新聞夕刊3版　２０２０年8月20日　『おおきに！　関西』欄）

その「小説の元になる文章」が、踊る巫女に関する走り書きでした。

大和に朝廷が成立するよりも前の時代において、両足を同時に地面から遊離させる特異な舞をする巫女。特別な一族の生まれで神と繋がる力があるけれど、孤独を抱える内気な少女でもある。そんな内容でした。

まとめの第六話は、第一話と第五話がリンクする「あなたと踊《おど》れない」です。

舞台は第一話と同じ現代、カップルの一方は第一話の夫婦の娘、もう一方は第五話の巫女一族の末裔《まつえい》、となっています。

途中から京都が出てきて、『からくさ図書館来客簿』『おとなりの晴明さん』シリーズなど、からくさ世界の読者様はほっとしたかもしれません。作者も「いつもの舞台に戻ってきた」と感じました。

現代、明治時代、平安時代、戦国時代初期、古墳時代、そして現代。五つの時代を往還する旅は、いかがだったでしょうか？

デビュー十周年記念どころか十一周年になってしまいましたが、これまでの取材や執筆の経験を存分に活かすことができたと自負しています。

最後に、元担当編集の清瀬様、現担当のお二人、装画担当のユウノ様、装丁担当のＣａｔａｎｙ　Ｄｅｓｉｇｎ様にお礼を申し上げます。作者の技術が活きるには、周囲の力がいつも必要なのです。

仲町六絵《なかまちろくえ》

主な参考文献・WEBサイト

京都市教育委員会・京都市学校歴史博物館編『京都学校物語』京都通信社

京都市学校歴史博物館編『我が国の近代教育の魁　京の学校・歴史探訪』財団法人　京都市生涯学習振興財団

『京都市学校歴史博物館　常設展示解説図録』京都市教育委員会　京都市学校歴史博物館

林潤平著・和崎光太郎監修『番組小学校創設150周年記念　図録　番組小学校の軌跡—京都の復興と教育・学区—』京都市学校歴史博物館

文学の寺—大本山　石山寺　公式ホームページ（ishiyamadera.or.jp）

文化財—総本山　鞍馬寺（kuramadera.or.jp）

山陰・島根ジオサイト地質百選　42．花仙山のめのう脈（https://www.geo.shimane-u.ac.jp/gecpark/kasenzan.html）

伊藤正敏著『寺社勢力の中世　—無縁・有縁・移民』ちくま新書

大乗院寺社雑事記研究会編『大乗院寺社雑事記研究論集　第三巻』和泉書院

和田萃・安田次郎・幡鎌一弘・谷山正道・山上豊編『奈良県の歴史　県史29』山川出版社

佐和隆研・奈良本辰也・吉田光邦ほか編『京都大事典』株式会社淡交社

※　他にも多くの文献を参考にさせて頂きました。
末筆ながら、著者・編者・出版社の皆様に御礼申し上げます。

＜初出＞
「典医の女房」は、2011年5月にメディアワークス文庫より刊行された『霧こそ闇の』第一章を加筆・修正したものです。「隠し湯の狸」「つばさの結婚指輪」「鬼女の都落ち」「オロチと巫女」「あなたと踊れない」は書き下ろしです。

◇◇メディアワークス文庫

あやし、恋《こい》し。

異類婚姻譚集《いるいこんいんたんしゅう》

仲町六絵《なかまちろくえ》

2022年7月25日　初版発行

発行者　青柳昌行
発行　株式会社KADOKAWA
〒102－8177　東京都千代田区富士見2－13－3
0570-002-301（ナビダイヤル）
装丁者　渡辺宏一（有限会社ニイナナニイゴオ）
印刷　株式会社暁印刷
製本　株式会社暁印刷

ISBN978-4-04-914367-6 C0193

メディアワークス文庫　https://mwbunko.com/

本書に対するご意見、ご感想をお寄せください。

あて先
〒102-8177　東京都千代田区富士見2-13-3
メディアワークス文庫編集部
「仲町六絵先生」係

◇◇◇